Planstraße 146

Die Straße meines Lebens

Das Buch

Die Autorin ist auf der Suche nach sich selbst und will deshalb alles über das Schicksal ihrer Familie, die aus dem Kraichgau in Baden stammt, erfahren.

Im Vordergrund stehen ihre Mutter Emma sowie ihre Großmütter Friedericke und Elisabeth. Warum haben Friedericke und Emma zu ihren dominanten Männern aufgeblickt, diese mit Gehorsam bedient und bis zu ihrem Lebensende ertragen? Wie war das damals auf dem Land, als man der jungen Friedericke ein uneheliches Kind weggenommen und sie mit dem Bauernsohn Jakob verheiratet hat? Warum hat sie ihr schweres und tristes Leben mit zwei Ehemännern und elf Kindern hingenommen und nie rebelliert?

Ein zugleich einfühlsamer und spannender Roman, der die Lebenswege dreier Generationen im Rahmen der Geschichte eines ganzen Jahrhunderts nachzeichnet.

Über Barbara Herrmann

Barbara Herrmann ist in Karlsruhe geboren und in Kraichtal-Oberöwisheim aufgewachsen. Ihre Liebe zu Büchern und zum Schreiben begleitete sie während ihres ganzen Berufslebens als Kauffrau. Nach ihrem Eintritt in den Ruhestand sind mehrere Bücher (Romane, Reiseberichte, humorvolles Mundart-Wörterbuch) von ihr erschienen. Heute lebt die Mutter zweier Söhne mit ihrer Familie in Berlin.

Mehr Informationen unter: www.heidezimmermann.de

Barbara Herrmann

Planstraße 146
Die Straße meines Lebens

Ein autobiografischer Roman

Bibliografische Information der Deutschen Nationalbibliothek: Die Deutsche Nationalbibliothek verzeichnet diese Publikation in der Deutschen National-bibliografie; detaillierte bibliografische Daten sind im Internet über dnb.d-nb.de abrufbar.

2. Überarbeitete Ausgabe
© 2022 Herrmann, Barbara
Kontakt: heidezimmermann.de

Herstellung und Verlag: BoD – Books on Demand, Norderstedt
ISBN: 9783756858804

Coverfoto: Pixabay, frame-4865406

Danke

Aus vollem Herzen möchte ich meiner großen Familie und besonders den Familienmitgliedern danken, die über mehr als hundert Jahre mit ihren Lebensgeschichten die Grundlage für dieses Buch lieferten. Die spannenden Momente in ihrem Leben und die zeitgeschichtlichen Gegebenheiten der verschiedenen Jahrzehnte bilden die Würze für meine Erzählung. Ich habe sie allerdings mit Elementen vermischt, die meiner Fantasie entsprungen sind – einerseits, weil mir doch an manchen Stellen Aufzeichnungen fehlen und meine Erinnerung zweifelsohne Lücken aufweist, und andererseits, weil ich die für außenstehende Leser eher langweiligen Lebensabschnitte einer normalen Arbeiterfamilie ganz bewusst weggelassen habe. Damit handelt es sich bei diesem Buch mehr um einen autobiografischen Roman als um eine Autobiografie. So sind viele Namen in dieser Geschichte frei erfunden – auch aus Respekt gegenüber den zahlreichen Nachkommen und weitverzweigten Linien der Familien. Historisch wohlfundiert sind dagegen Details wie Wetter- und Brandkatastrophen sowie die Einbindung berühmter ortsansässiger Familien und Unternehmen, die durch Fotos dokumentiert sind. In diesem Zusammenhang danke ich der Stadt Kraichtal und dem Autor Anton Schneider für die Erlaubnis, Inhalte und Bilder aus dem Buch „1200 Jahre Oberöwisheim"[1] verwenden zu dürfen. Wo keine Quelle angegeben ist, stammen die

---

[1] Walter, Heinz Erich (Hrsg.): Das Ortsbuch von Oberöwisheim: 1200 Jahre Oberöwisheim. Jetzt Stadtteil von Kraichtal (Kreis Karlsruhe). 771-1971, Walter-Verlag GmbH Ludwigsburg, 1973

Fotos aus dem privaten Besitz meiner Familie.

Warum habe ich dem Buch den Titel „Planstraße 146" gegeben? Die Planstraße existiert tatsächlich – und zwar in
Oberöwisheim, das heute zur Stadt Kraichtal im Kraich-
gau/Baden gehört. Sie ist die Straße meines Elternhauses,
und dort habe ich die ersten Jahre meiner Kindheit und Jugend verbracht.

Die Planstraße in Oberöwisheim

Meine Vorfahren haben natürlich die Mundart unserer badischen Heimat gesprochen. Daher habe ich mich entschieden,
die Dialoge aus der zurückliegenden, alten Zeit überwiegend
in der Mundart zu verfassen, weil sie in meinen Augen vor
allem in schwierigen Situationen die Stimmungen und Gefühle der Menschen und die Härte der Zeit deutlicher wider-
spiegelt als das Hochdeutsche. Da das Badische eine auffälli-
ge und für Auswärtige zum Teil schwer zu verstehende
Mundart ist, habe ich sie an der einen oder anderen Stelle

etwas abgeschwächt, damit sie auch für Leser außerhalb der Region nachvollziehbar wird. Deshalb ist die Schreibweise der Mundart-Wörter nicht immer vollkommen „badisch korrekt". Eingefleischte Badener mögen mir dies nachsehen.

Gerne habe ich den Erzählungen meiner Großmütter und meiner Eltern gelauscht, doch leider habe ich ihnen damals nicht die Bedeutung beigemessen, die sie heute für mich haben. Jetzt, da sie mich sehr stark interessieren, ist niemand mehr da, der mir detailliert berichten könnte, wie es gewesen ist.

Nun türmen sich in mir zahlreiche Fragen auf, auf deren Antworten wir verzichten müssen. So zum Beispiel diese: Wie wurde im Jahre 1907 eine junge Frau mit einem unehelichen Kind in ihrem Dorf behandelt, und wie hat sie unter der Situation gelitten? Wie sah es in ihr aus, und was waren ihre Gedanken? Wie hat sie den Schmerz einer Mutter ertragen? Ich bedaure, nicht mehr und nicht intensiver nachgefragt zu haben. Und auch die Generation meiner Eltern hat mir nicht alles berichtet, nicht so ausführlich, wie ich es für dieses Buch benötigt hätte. Diese Menschen lebten damit, ihre Gefühle einzusperren und nicht zu zeigen, wie es in ihnen aussieht.

Quelle: Buch „1200 Jahre Oberöwisheim"

Oberöwisheim
(heute Stadtteil von Kraichtal)

Mit Erschrecken muss ich erkennen, dass ich auch aus meinem eigenen Leben so vieles vergessen habe, wie ich es niemals vermutet hätte. Meine persönlichen Erinnerungen an meine Kindheit bis zum Alter von sechs oder sieben Jahren sind lediglich bruchstückhaft vorhanden. Ich kann mich nur an einzelne kleine Geschichten, Begebenheiten und Situationen erinnern, ganz besonders aber an einprägsame und einschneidende Erlebnisse. Und man kann es kaum glauben, sogar beim eigenen Erwachsenwerden und Erwachsensein ist man mühselig gezwungen, Puzzleteile zusammentragen, weil vieles vergessen, verdrängt oder durch neue Lebensabschnitte verdeckt wurde. Es ist schade, dass ich kein Tagebuch geführt habe, denn dieses würde mir jetzt helfen.

Ich danke euch allen sehr, denn ihr hattet ein schweres, manchmal auch leidvolles, ein ereignisreiches und bisweilen auch schönes Leben. Ihr habt so gelebt, wie viele Menschen in dieser Zeit gelebt haben. Deshalb seid ihr meine Zeugen einer Zeit, die sich über mehr als hundert Jahre hinzieht. Und an den Stellen, wo wir euch anders oder gar nicht wiederfinden, spielt in diesem Buch die Theaterbühne der Fantasie ihren Akt.

Mögen wir euch am Ende in eurem Handeln verstehen und erkennen, wie schwer ihr alle an eurem Leben zu tragen hattet. Danke, dass ihr uns für unser Leben den Weg bereitet habt.

Barbara Herrmann

Vorwort

Es ist seltsam, aber seit einiger Zeit versucht mich die Erinnerung und die Vergangenheit einzuholen. Meine Blicke und Gedanken gehen oft zurück und nicht mehr ganz so weit nach vorne, weil die Straße meines Lebens hinter mir mittlerweile viel länger ist als das Stück, das ich noch vor mir habe.

Ich weiß nicht, wo diese sentimentalen Anflüge herrühren, und ich zermartere mir den Kopf, wieso das jetzt auf einmal der Fall ist und warum diese emotionalen Gedanken plötzlich so stark sind, warum sie mich derart beherrschen und mich nicht mehr loslassen. Das Leben hat noch so viel zu bieten, da lohnt sich doch der ausschließliche Blick zurück noch nicht, zumal ich bisher ein Leben hatte wie viele andere Menschen auch. Nichts Besonderes meine ich, nichts Auffälliges, nichts, das auf irgendeine Art und Weise interessant sein könnte. Trotzdem bewege ich mich vermehrt in meiner Kindheit und stelle mir immer wieder die Frage, wer ich eigentlich bin und wo ich herkomme. Wie war meine Kindheit, was haben sie mir mitgegeben, meine Großmütter, meine Mutter, mein Vater und alle, die mich in meinem Leben begleitet haben? Wie haben sie ihr Leben gelebt? Warum haben sie so gelebt, wie sie es getan haben? Wie war die Zeit, in der sie gelebt haben? Ist mein Leben in diesen, meinen Bahnen verlaufen, weil meine Vorfahren mir gewisse Grundlagen mitgegeben haben, oder habe ich mich sehr viel später selbst in meinem Ich bestimmt? Kann ich als Mensch überhaupt alles selbst bestimmen, und spielen meine Herkunft, das Vorleben von Werten, die Liebe im Elternhaus und die Kindheit nur eine kleine Rolle? Oder ist der Einfluss größer, als ich es erahne? Ich denke, ich muss das alles entwirren, dann kann ich es vielleicht herausfinden.

Mein Leben war bisher nicht besonders auffällig, zumindest nach meiner Einschätzung. Natürlich kann ich mich in meiner Beurteilung täuschen. Das Ganze ist ja immer subjektiv zu sehen. Was ich als nicht gut empfinde, ist womöglich für andere ein Idealzustand. Sie hätten vielleicht gerne mein Leben gelebt, weil sie glauben, dass es allemal besser und spannender ist als ihr eigenes. Oder das Gegenteil ist der Fall: Sie könnten denken, dass ich ein Bruchpilot bin, mit dem man nicht unbedingt tauschen möchte. Nach meiner Empfindung könnte man durchaus angenehmer und wohlhabender aufwachsen und sein Leben gestalten, als ich das getan habe. Aber macht das wohlhabende Leben auch das ultimative Glück aus? Oder irren wir an dieser Stelle mit unserer Einschätzung?

Meine Kindheit erweckt in mir nicht die gewünschten Glücksgefühle, von denen viele berichten, wenn sie sagen, dass sie sehr behütet und liebevoll erzogen wurden und aufgewachsen sind. Bei uns war das nach meiner Einschätzung nicht so reibungslos. Wie hätte es auch anders sein können? Für Zuwendung und Zärtlichkeit war sehr wenig Raum und im Alltag vor lauter Schufterei oft gar kein Platz. Aber das Gefühl, beschützt zu sein, ein Zuhause zu haben, war sehr wohl da. Auch die Förderung einer besseren Bildung war kein Thema, das meinen Eltern Kopfzerbrechen machte. Wichtig war gerade mal eine solide Ausbildung, das reichte für ein einfaches Mädchen. Ich will damit aber nicht sagen, dass ich mich ungeliebt fühlte. Es gab nichts, das ich vermisste, weil ich nichts anderes kannte und weil es zu dem Zeitpunkt gut war, wie es war.

Die Gedanken ließen mich auf jeden Fall nicht mehr los, und ich brauchte für mich und mein zukünftiges Wohlergehen die richtigen Antworten auf die Fragen, die sich immer stärker in meinen Kopf bohrten. Über diese Tatsache und die daraus entstandenen neuen Fragen grübelte ich ständig. Doch über die Herangehensweise und die Umsetzung dachte ich nur gelegentlich nach, dabei wäre dies mindestens genauso wichtig gewesen.

Irgendwann in diesem Prozess musste ich entscheiden, wie ich mein Ziel, zu erfahren, wer ich bin, erreichen wollte. Ja, ich hatte endlich begriffen, dass ich mich sehr um die Vergangenheit bemühen musste, obwohl es nicht so leicht war, wie ich einige Tage nach dieser endgültigen Erkenntnis feststellen musste. Ich legte mich trotzdem fest, es unbedingt herausfinden zu wollen. Nur wusste ich noch nicht, wie ich es anstellen sollte.

Und nach diesen mühselig und langwierig gewachsenen Einsichten sitze ich endlich an meinem Schreibtisch und drehe den Stift zwischen den Fingern. Nach langem Überlegen habe ich mir endlich vorgenommen, mein Ziel erreichen zu wollen, indem ich meine Geschichte aufschreibe, meine eigene, von mir eher als langweilig empfundene Lebensgeschichte – und die meiner Familie und Vorfahren. Ich muss lächeln, denn letzteres ist die Herausforderung überhaupt, und bei dem Gedanken bekomme ich Herzklopfen. Ich habe mir eigens hierfür mehrere Schreibblöcke, Bleistifte und einen richtig guten Füller besorgt, und nun kann ich beginnen.

Doch ich lege den Stift immer öfter beiseite und gehe stattdessen an einem dieser Tage entschlossen an den Computer. Damit geht es vielleicht besser, denke ich für einen mutigen Moment, stelle aber nach einigen Stunden fest, dass dies auch nicht der Fall ist. Dabei schien es mir so einfach. Ich würde doch nur in Gedanken zurückwandern müssen in die längst vergangene Zeit. Es gibt so vieles, an das ich mich erinnern kann. Klare Bilder, Szenen aus der Schule, mit Freunden, mit den Eltern, den Großmüttern. Ich sehe das Haus, die Nachbarn, die Tanten und Onkel. Ich sehe die Landschaft, die Bäume und Felder, im Sommer und im Winter, die Straßen unseres Dorfes. Sogar als kleines Mädchen kann ich mich in vielen verschiedenen Situationen erkennen. Warum kann ich das aber nicht präzise zusammenfügen, in die richtige Reihenfolge bringen? Wann war das? Wie alt war ich, als ich vor meinem geistigen Auge die Treppen des Hauses emporstieg?

Nein, so einfach geht das nicht, stelle ich kopfschüttelnd fest. Lange blicke ich aus dem Fenster, sehe hinter den Häusern ein wenig vom Horizont, schaue hindurch und nehme alles nur schemenhaft wahr. Mir ist schwer ums Herz, mich überfällt Hilflosigkeit, weil das Erinnerungsvermögen so viele ungeahnte Schwächen hat. Nie hätte ich geglaubt, dass ich so vieles vergessen, so vieles nicht erfragt habe. Zahlreiche Dinge aus meiner Erinnerung kommen mir nicht mit der hundertprozentigen Klarheit ins Gedächtnis. Doch gerade dies würde ich dringend benötigen, um die Bilder in meinem Kopf in klare Worte umsetzen zu können.

Die typischen Geräusche einer Großstadt umspülen mich plötzlich laut und gellend und wirken auf einmal störend. Sie hemmen mich in meiner Konzentration und lenken mich ab. Das ist das Hier und Heute, das sich nicht einfach abstellen lässt. Ich muss aber damit klarkommen und darf mich nicht ablenken lassen.

Im Geiste muss ich also zurückgehen, Altes wiederfinden, und wenn ich mich konzentriere, fällt mir auch sofort einiges wieder ein. Ich sehe mich auf der Schulbank sitzen, die Lehrerin steht am Pult und redet. Ich habe eine kleine Tafel und ein Stück Kreide vor mir liegen. Meinen Schwamm, der mit einer Schnur an der Tafel befestigt ist, habe ich nass gemacht. Zum Reinigen der großen Wandtafel befindet sich gleich daneben eine Schüssel mit Wasser. Ich sitze in den hinteren Reihen auf einer der Holzbänke, die direkt an die schrägen Pulte angeschraubt sind. Oben befindet sich eigens eine Rille, um die Feder ablegen zu können. Rechts außen ist ein Tintenfass eingelassen. Die Pulte sind schon ganz schön zerschrammt. Da haben doch ein paar ältere Schüler ihre Initialen und anderen Blödsinn eingeritzt.

Doch plötzlich ist alles, was ich soeben gesehen habe, schon wieder zu Ende. Das war es schon? Wann war das nur? Wer saß neben mir? Wie war ich gekleidet?

Schnell ziehen sie durch, die Bilder, viel zu schnell, dabei finde ich zahlreiche Lücken, die ich nicht zu füllen vermag. Was ist an diesem oder jenem Tag passiert? Wann haben wir wo und wie gewohnt? Wer hat wann und wo gearbeitet? Wie ist dieses und jenes verlaufen und warum?

Niemand in unserer Familie, einer Arbeiterfamilie, hat jemals Notizen angefertigt. Wozu hätte man dies auch tun sollen? Man hatte schließlich andere Sorgen. Und nun sitze ich hier und finde den berühmten Faden nicht.

So fasse ich nach reiflicher Überlegung einen weiteren wichtigen Entschluss: Ich werde abtauchen und Mosaikstein für Mosaikstein zusammensuchen, die kirchlichen Einträge sichten, die Erinnerungen zusammentragen und Fotos ansehen müssen.

Noch weiß ich nicht, wie lange dies dauern wird, aber ich weiß, dass ich es tun muss. Und eines Tages, wenn ich alles gefunden und mich erinnert habe, werde ich weitermachen, mit meinem Bleistift oder an meinem Computer.

Ich danke schon jetzt meiner kleinen Familie, die das wird ertragen müssen. Manchmal werde ich schlechte Laune haben und ab und zu auch mutlos sein. Ganz sicher werde ich an vielen Stellen den Faden verlieren, herumirren und natürlich manches Mal von vorne beginnen müssen, und ich werde des Öfteren glauben, dass ich es nicht schaffen werde.

Meine Erinnerung wird sicherlich keine sehr gute und auch keine allzu verlässliche Fundgrube sein, weil ich bestimmt hin und wieder das, was ich erlebt oder von anderen gehört habe, verwechseln und durcheinanderbringen werde. Doch es ist und bleibt das, was ich erfahren habe und was ich in mir trage.

Barbara heute

Die matte Wintersonne steht kaum eine Handbreit über den Dächern und blinzelt aus einem hell verhangenen Himmel auf das blendende Weiß, das sich über Nacht ausgebreitet hat, und die Schneeflocken tänzeln durch die Luft, um sich dann langsam niederzulegen. Es ist ein wunderschöner Wintertag, und der kalte Wind pfeift durch die Ritzen der Fenster des kleinen ehemaligen Winzerhauses. Es ist Mitte Februar im Jahr 2006, und hier drinnen ist es himmlisch warm, der alte Bollerofen spuckt knisternd seine Wärme aus und sorgt für Gemütlichkeit in der großzügigen Wohnküche. Ich, Barbara, sitze am Küchentisch, blicke still aus dem Fenster, habe einen Becher in der Hand, aus dem ich in kleinen Schlückchen meinen Kaffee genieße, und betrachte die lustig hin und her hüpfenden Schneeflocken. Ich stehe auf, öffne das Fenster, lasse eine Weile die kalte, klare Luft hereinströmen und atme sie tief ein. Was gibt es Schöneres, als den Tag ohne Stress, beschaulich, friedlich und mit sich selbst im Reinen beginnen zu dürfen?

Hierher, in dieses kleine Dorf an der Mosel, habe ich mich zusammen mit meinem Mann Thomas vor ziemlich genau einem Jahr teilweise zurückgezogen. Das schmale, enge Tal, in dessen Mitte sich der Fluss anmutig entlangschlängelt, strahlt sehr viel Ruhe und Geborgenheit aus. Mit einer Ausnahme natürlich: Wenn Hochwasser angesagt ist, verliert der Fluss seine Gelassenheit, und die zischende Gischt verwandelt sich in eine hässliche Fratze, die den Strom hinunterschnellt. Dabei steigt und steigt das Wasser, dringt rücksichtslos in die Straßen und Häuser ein und zerstört alles, was ihm im Wege steht. Ist es dann vorbei, strömt der Fluss wieder ruhig vor sich hin und tut so, als könne er kein Wässerchen trüben. Gerade weil das Tal so eng ist, ist alles sehr gewöhnungsbedürftig. Die Häuser sind dicht aneinandergereiht, weil schon vor Generationen platzsparend gebaut werden musste, mit Ausnahme der Neubaugebiete außerhalb des Ortes, die in jüngerer Zeit etwas anders angelegt und in die Hänge hineingeplant wurden. Eine weitere Ausnahme ist das eine oder andere Weingut, das inmitten eines Weinbergs mit einem großzügigen Herrenhaus und einigen Nebengebäuden in seiner ganzen Pracht strahlt. Die Steillage wird aber meist bis auf den letzten Meter für den Weinbau genutzt.

So musste ich mich schnell daran gewöhnen, dass die nächsten Häuser extrem nahe stehen und mehr oder weniger direkt an unseres angrenzen. Das anfangs merkwürdige Gefühl, dass die Nachbarn einem unmittelbar auf den Tisch blicken können, hat sich nach und nach verflüchtigt, zumal sich zu diesen eine wunderbare Freundschaft entwickelt hat.

Drei Jahre ist es inzwischen her, dass ich eine Bilanz ziehen wollte über mein Leben, das ich streckenweise als unbefriedigend angesehen, als nicht gut befunden hatte. Während meiner Recherche und den Versuchen, mein Erinnerungsvermögen zu stärken, hatte ich viel Zeit, die ich ausgiebig genutzt habe, und ich habe festgestellt, dass mich manche Begebenheit oft zum Erstaunen brachte, weil ich die Situation heute mit Abstand völlig anders einschätze als damals.

Das Vergangene übrigens sorgte mich nicht so sehr, denn es war gelebt, und daran konnte ich nicht mehr rütteln. Allerdings beschäftigte mich die Zukunft umso mehr. Was ist mit meiner Zukunft? Wie lange wird sie noch dauern? Kann ich noch etwas anfangen mit dem vielleicht letzten Rest meines Lebens? Aber weshalb die Formulierung „letzter Rest"? Ich kann ja auch noch viel Zeit vor mir haben. Wer sagt denn, dass ich nicht noch zwanzig oder gar mehr Jahre zur Verfügung habe? Da geht ja eventuell noch etwas! Kann ich mit Ende fünfzig noch einmal neu beginnen? Oder ist es zu spät, sogar viel zu spät? Ein mühevoller Prozess, den ich da bewältigen musste. Doch es hat sich, so glaube ich heute, für mich gelohnt.

Ja, so lange ist es her, dass sich diese Fragen, diese bohrenden Fragen nach meiner Herkunft in mir auftürmten. Das gelegentliche Gefühl, ein Leben lang extrem viel gearbeitet, aber nichts Besonderes erreicht zu haben, ist schon eine Sache für sich, ist nicht einfach und, wie ich finde, hin und wieder auch belastend.

Wie gut haben es die, die ihr Hobby zum Beruf machen konnten, glaubte ich. Da gibt es einen speziellen Einklang und eine ganz besondere Lust, das zu tun, was man tun möchte. Natürlich sind es verschwindend wenige Menschen, denen das vergönnt ist, das weiß ich auch, aber meine Arbeit war weit weg von dem, was meine Wünsche waren, so weit weg wie der Mond von der Erde. Ich träumte von einer guten Schule, von einer besonderen Ausbildung, und ich träumte davon, Bücher schreiben und Bilder malen zu können. Und was hatte das Leben für mich bereitgehalten? Eine arbeitsreiche Kindheit, die Volksschule, das einfache Landleben einer Arbeiterfamilie und rasch eine eigene Familie mit zwei Kindern. An eine Weiterbildung, gar eine Karriere war nicht mehr zu denken, solange die Kinder im Haus waren. Ich arbeitete dort, wo sich die Arbeitszeit mit meiner Familie in Einklang bringen ließ. Kurz vor dem Ende, nach fast vierzig Jahren, gesellten sich noch die Krankheit und die Pflege meiner Eltern dazu. Dann kam eine Phase der Müdigkeit, der Trauer und der Enttäuschung, der Frage, wie es zurück ins Berufsleben gehen soll, wie ich endlich das tun kann, was mir Spaß macht, was mir gefällt und was dazu auch ein wenig erfolgreich sein kann. Es dauerte noch ein paar Jahre bis zu einer nennenswerten Veränderung, bis dahin war ich eingebunden in Aufgaben, die den Zweck hatten, den Lebensunterhalt zu bestreiten.

Dann kam die Rente, und ich war endlich frei in der Entscheidung, womit ich mich beschäftigen wollte. So suchte ich einerseits nach einem neuen Anfang, und andererseits ließ mich die Vergangenheit nicht mehr los. Ich war zu dem Schluss gekommen, dass ich diesen Kraftakt, noch einmal neu anzufangen, mich noch einmal beruflich neu zu beweisen, vollziehen musste. Doch in dem Moment konnte ich diesen Weg nicht gehen – nicht, wenn ich nicht meinen Frieden mit der Vergangenheit schließen würde. Denn diese ewigen Zweifel, ob ich nicht gewisse Dinge hätte anders machen können, diese merkwürdigen Konstruktionen, die da ständig durch meinen Kopf geisterten, mussten zuvor eliminiert werden. Dabei muss man über seinen eigenen Schatten springen und zu sich selbst unerbittlich ehrlich sein. Es bereitete mit an einigen Stellen der Recherche starke körperliche Schmerzen, sehr ehrlich und selbstkritisch zu sein. Wie viele Jahre hatte ich mich eigentlich mit meinen inneren Ausreden eingerichtet? Wie lange waren alle anderen schuld gewesen – nur nicht ich? Wie viele Jahre habe ich mich hinter all diesen Ausreden versteckt, um der inneren Not nicht ins Auge sehen zu müssen, um die von außen hereinprasselnden Winde ertragen und damit leben zu können? Oh, ich hätte heulen können, und ich tat es manchmal auch. Aber es ist auch befreiend und erleichternd zugleich. Es öffnet neue Horizonte und Perspektiven.

Ich war als Autorin noch völlig unerfahren, es war bis dahin nichts als ein ewiger, verblasster Traum und eine Schublade voller kleinerer und mittellanger Texte, und ich glaubte auch nicht daran, dass mir als Autorin die Aufarbeitung gelingen könnte. Eine Geschichte mit biografischem Hintergrund ist schon eine andere Hausnummer als eine kleine, fiktive Story, das habe ich bei meinem ersten Versuch schnell erkannt. Ich habe es sofort wieder verworfen, es las sich nicht flüssig, war ungeordnet, unrealistisch, unprofessionell, ja, eigentlich gar nichts, wie ich glaubte. Ob etwas dramaturgisch gut und spannend oder nicht gut und langweilig ist, merkt man ja selbst, wenn man nicht ganz dem Glauben verfallen ist, der Meister aller Schriftsteller zu sein. Wie erkennt man aber, ob etwas schreibtechnisch gut ist oder nicht? Ich gab mich an der Stelle keinen Illusionen hin. Hinter dem Schreiben steckt eine ganze Menge Handwerk, das ich nicht beherrschte.

Also entschied ich mich, erst einmal die Zukunft zu suchen, bevor ich mich komplett mit der Vergangenheit auseinandersetzen wollte. Schließlich konnte ich ja bei meiner Recherche in die Vergangenheit in kleinen Schritten zurückgehen.

Natürlich musste ein neues, anderes Leben her. So wie es war, konnte es meines Erachtens nicht bleiben, zumindest nicht, wenn man wie ich glaubte, dass noch etwas nachgeholt werden musste. Und so verband ich in Gedanken das Nützliche mit dem Schönen und dem Sinnvollen.

Mir war klar, dass ich ohnehin das Schreiben erlernen musste, wenn ich meine Geschichte aufschreiben wollte. Warum sollte deshalb mein neues Leben nicht endlich mit dem Schreiben beginnen? Ich konnte ja mit kleinen Storys anfangen, mit diesen üben und dabei viel lernen. Sie sind übersichtlich, sagte ich mir, das würde bestimmt einfacher sein, als eine Zeitspanne von vielen Jahrzehnten akribisch und genau zu erfassen. Ich wollte das Leben meiner Vorfahren und auch mein eigenes Leben als eine spannende Geschichte erzählen. Und die zweifellos vorhandenen Lücken sollte meine Fantasie auffüllen. Ein autobiografischer Roman eben.

Das Knistern im Ofen holt mich in die morgendliche Realität zurück. Ich nehme wieder einen Schluck Kaffee, blicke zur Uhr, es ist erst sechs, noch früh am Tag, und ich habe keine Eile. Außerdem ist es still im Haus, mein Mann ist unterwegs und besorgt Brötchen, die ihm der Bäcker in dieser frühen Stunde durch die Hintertür reicht, denn während der Wintersaison ist es ruhig in unserer Gegend. Mein Blick geht über das Land, ich sehe die herrlichen Berge. Naja, das ist wohl etwas übertrieben, es sind nicht gerade Berge, wie wir sie von den Alpen kennen. Sagen wir, es sind große Hügel. Die vielen Reben, die heute ein weißes Kleid tragen und schlafen, scheinen in der Dämmerung wie Edelsteine zu funkeln. Die Straße ist sehr ruhig, niemand ist zu sehen – es wohnen sowieso nicht viele Menschen hier, gerade mal dreihundert – aber ich genieße diese herrliche Ruhe, bin weit weg, weg von der Großstadt, weg vom Autolärm, der Hektik und den umherströmenden Menschen, weg vom Kampf um das Leben, der bei vielen sogar ein Kampf um das Überleben ist. Ich bin im Augenblick weit weg von gesellschaftlichen Problemen und deren Niederungen, sehe nichts mehr von dem Streben, besser sein zu wollen als andere, spüre nichts von der Hektik der Tage.

Was mir hier allerdings fehlt, ist Kultur, die vielen Theater, Konzerte, Ausstellungen. Dafür lese ich Neuigkeiten über die Promis, die Politik, über Menschen, die mich sonst eigentlich überhaupt nicht interessieren. Aber sie gehören nun einmal in diese Welt, für manche auch zur Allgemeinbildung, zur Diskussion über dieses und jenes. Normalerweise bekommen wir das hautnah mit, wenn wir in Berlin sind. So ist das in der Hauptstadt, da tummelt sich alles, was Rang und Namen hat. Und ich liebe Berlin sehr. Um beide Vorlieben leben zu dürfen, haben wir uns entschieden, unsere Jahreszeiten aufzuteilen. Im Sommer die Mosel und im Winter die Stadt mit ihrem kulturellen Angebot. Nur weil das Buch geschrieben werden musste und ich keine Ablenkung haben wollte, ging es dieses Mal viel früher los als sonst, nämlich bereits im Januar. Bei näherer Betrachtung tut es gut, unendlich gut, all dem Drumherum entrinnen zu können, wenn man seine Ruhe braucht. Es ist auch eine ganz neue Erfahrung für mich, nicht ortsgebunden zu sein und selbst entscheiden zu können, wo ich zur richtigen Zeit am richtigen Ort zu sein glaube.

Mittlerweile bin ich mein eigener Mittelpunkt und muss mich nicht mehr darum kümmern, dass es irgendjemandem gut geht, ich muss mich nicht mit den Problemen anderer beschäftigen, wenn ich das nicht möchte, und ich muss diese auch nicht bewerten und einschätzen. Wir haben den Schritt getan, so spät ein teilweise neues Leben zu beginnen, ohne das bisherige gänzlich aufzugeben, und es ist uns trotzdem verdammt schwergefallen, das kann ich so unverblümt sagen. Schließlich ist jede Veränderung nicht leicht und schon gar nicht eine weitere neue Herausforderung, die wir uns hätten ersparen können, würden wir uns auf die faule Rentnerhaut legen.

Aus einigen Fenstern des kleinen historischen Winzerhauses, das wir ziemlich heruntergekommen und daher billig angemietet haben, habe ich so etwas wie einen winzigen Fernblick zwischen den Gebäuden durch. Ich habe Glück, dass nicht ganz jeder Millimeter verbaut ist. Dieser Blick ist frei, nichts verstellt ihn, ich sehe Weinberge so weit das Auge reicht, bis an die Grenze zum blauen Himmel, und es ist wunderbar. Vor meinem Küchenfenster sehe ich auch den kleinen Innenhof, der von einigen Gebäuden umgeben ist. Da ist zunächst das winzige ehemalige Haupthaus, das wir selbst bewohnen. Vom Flur haben wir einen direkten Ausgang zur Straße und einen zweiten nach hinten zum Innenhof. Während der Saison wird er bestuhlt, mit zahlreichen Kübelpflanzen versehen und lädt die vielen Sommergäste zum Verweilen ein. Gegenüber dem Haupthaus befindet sich die alte Kelterei mit dem Zugang zu einem ersten Gewölbe, das sich auf der gleichen Ebene befindet. Von diesem führt dann weiter hinten eine Treppe nach unten in den Gewölbekeller, der natürlich als Weinkeller dient. Wir haben die alte Kelterei mit einfachen Mitteln renoviert, die Gewölbesteine gereinigt, den Raum mit alten Winzerutensilien und anderen passenden Dekorationen versehen sowie mit Tischen und Stühlen eingerichtet. Von März bis Oktober öffnen wir das Haupttor und bieten Touristen eine besonders gemütliche Möglichkeit zur Einkehr. Was gibt es Schöneres als eine Rast bei Kaffee und Kuchen, bei einem Glas Wein und einer Vesperplatte? Der Gedanke, dass mein Mann auch eine befriedigende Beschäftigung haben wollte und dass es nur gut sein konnte, die Rente für den Unterhalt unseres zweiten Standorts etwas aufzubessern, war letztendlich der Vater des Gedankens. So schaffen wir uns im Sommer mit wenigen Aushilfen den entsprechenden finanziellen Vorrat, der für das Stadtleben und die Kultursaison im Winter und eigentlich auch für das ganze Jahr wichtig ist. Nach vorne zur Straße erstreckt sich ein kleiner Vorgarten, der von einem Holzzaun umgeben ist, das Gartentor ist verschlossen, die Pflanzen sind im Moment noch unter der Schneedecke versteckt, und die Erde ist vom Frost durchzogen.

Ich schließe das Fenster, ziehe die Gardine vor und gehe zurück an den hölzernen Küchentisch, der in der Mitte des Raumes steht, setze mich wieder auf meinen Stuhl und sehe mich um. Neben dem alten Küchenherd, der noch ein Wasserschiff hat, befindet sich eine kleine Spüle, und auf der anderen Seite thront ein alter Küchenschrank aus Holz, wie ich ihn noch von meiner Mutter kenne. Der Unterschrank hat vier Türen und drei Schubladen, der Oberschrank links und rechts eine geschlossene Holztür und in der Mitte zwei Glastüren. Um den wuchtigen Tisch, auf dem ich eine rotweißkarierte Tischdecke ausgebreitet habe, stehen vier Stühle, die zum Sitzen einladen. Der Fußboden besteht aus alten, abgelaufenen Holzdielen, die an der einen oder anderen Stelle knarren und eine ganz besondere Gemütlichkeit ausstrahlen. Ich bin glücklich hier, auch wenn es sehr einfach und bescheiden ist – oder vielleicht gerade deshalb. Im Erdgeschoss des Haupthauses befindet sich vom Flur abgehend noch ein Wohnzimmer mit lediglich einer gemütlichen dunkelblauen Sitzgruppe, die wir uns neu gekauft haben, einem kleinen Schrank im englischen Landhausstil, einem Fernseher, einer Stehlampe und einer alten Blumenbank mit mehreren Grünpflanzen. Vor den niedlichen Fenstern habe ich blaue Gardinen mit Blümchenmuster angebracht, und eine Terrassentür führt um die Ecke in den winzigen Garten, der durch Hecken vom Innenhof abgetrennt und deshalb nicht einsehbar ist. Im Sommer ist er herrlich und schön. Auf dem Natursteinboden stellen wir dann unsere Gartengarnitur auf und lassen uns mit Freude darauf nieder. Rings um uns herum blühen dann unzählige Blumen, deren Duft uns benebelt. Wir hatten sehr viel Glück, der Vorbesitzer hatte wohl dieselbe Freude an Blumen und alles so üppig angepflanzt. Der Garten selbst ist extrem klein. Es reicht außer der Terrasse lediglich zu einem kleinen Stück Rasen. Am Rand des Dorfes konnten wir aber noch eine Wiese pachten. Auf dieser reihen sich viele Obstbäume mit Äpfeln, Birnen, Pflaumen und Kirschen aneinander. Außerdem haben wir einen Acker, auf dem wir allerlei Gemüse und Kartoffeln anpflanzen. So können wir uns in weiten Teilen selbst versorgen. Es ist eine Oase, eine Oase des Glücks. Neben dem Wohnzimmer schließt sich ein weiteres Zimmer an, das etwas größer ist; es ist mein persönliches Reich, mein ganzer Stolz und gehört mir allein. In der Mitte des Raumes steht ein großer, alter Schreibtisch, den ich auf dem Speicher gefunden habe, sowie ein bequemer, teurer und für die Wirbelsäule gesunder Sessel, außerdem befindet sich dort eine Wand voller Bücherregale, die meine ganze Sammlung beherbergt, eine kleine Musikanlage mit Kopfhörern, daneben ein alter Schaukelstuhl, den ich ebenfalls vom Speicher geholt habe. Auf der anderen Seite befindet sich ein uraltes Kanapee in einem zarten Grün mit kleinen bunten Karos, das wohl der Vorbesitzer vergessen hat, mitzunehmen. Davor steht ein kleiner Nierentisch, den ich im Keller gefunden habe. Das Zimmer ist eine einzige Hommage an die Vergangenheit, die Erinnerung, die Vorausschau, die Zukunft sowie die Ruhe und Ausgeglichenheit. Der Raum hat wohl deshalb eine so starke Ausstrahlung, weil er die Stile aller Jahrzehnte beherbergt, die den Ablauf meines Lebens widerspiegeln. Es ist, als ob hier von unsichtbarer Hand genau die Voraussetzungen geschaffen wurden, die ich brauche. Eine Holztreppe führt vom Flur nach oben, dort befinden sich vier Räume: ein Schlafzimmer, ein persönliches Zimmer für meinen Mann, zwei Gästezimmer und ein Bad.

Meine Kaffeetasse ist leer, ich muss nachgießen, füge Milch und Zucker hinzu und setze mich wieder. Mein Mann Thomas ist schon lange vor mir aufgestanden. Er hat die Öfen zum Glühen gebracht und für Wärme gesorgt. Ich bin dankbar, denn das ist nichts für mich, morgens in die kalten Räume zu kommen und im Bad zu zittern. Nein, wenn ich aus dem Bett steige, ist es zum Glück warm und gemütlich.

Mit meinem neuen Kaffee sitze ich nun hier und träume weiter vor mich hin, als hätte ich alle Zeit der Welt, dabei sollte ich jetzt das Frühstück herrichten. Einen inneren Schub muss ich mir nun schon geben, also stehe ich auf, decke den Tisch, stelle Wurst und Käse bereit und warte auf die Brötchen.

„Das Frühstück ist fertig", rufe ich laut und deutlich, als ich Schritte höre.

„Bin schon da", antwortet Thomas, als er hereinkommt. Er packt die mitgebrachten Brötchen aus der Tüte und legt sie in den Brotkorb. „Du bist spät dran heute", stellt er fest. „Was hast du so lange gemacht?"

„Ich habe aus dem Fenster gesehen und herumgeträumt. Weißt du eigentlich, wie schön wir es hier haben?", frage ich.

„Das sagst du mir jeden Tag, und es stimmt. Wir haben es wirklich schön auf unsere alten Tage." Er strahlt Ruhe und Gelassenheit aus. „Ich gehe nachher mit dem Jäger in den Wald. Er hat mich eingeladen", erzählt er mir, während er genüsslich in sein belegtes Brötchen beißt.

„Das ist schön. Heute ist ein guter Tag für den Wald, die Sonne scheint, und es wird dir gefallen."

„Und du? Ziehst du dich in dein Zimmer zurück?"

„Ja, ich habe viel zu tun. Gehst du heute noch einkaufen oder soll ich?"

„Ich mache das, wenn ich vom Wald zurück bin."

„Gut, dann zieh dich warm an, es ist kalt."

„Ja, das mache ich", sagt er. „Es sind nur noch wenige Wochen, und der Winter verabschiedet sich so langsam. Ich glaube, wir sollten uns schon einmal an die Vorbereitungen für das Café machen. Im Nu sind der Frühling und das Osterfest da, und dann kommen auch schon die ersten Gäste."

„Stimmt, da ist doch noch einiges zu tun. Wir sollten unsere Saisonkräfte anrufen."

Mitte Februar kommen immer die ersten Hilfen, um den Frühlingsputz vorzunehmen. Anschließend werden die Lebensmittelvorräte besorgt und die Kübelpflanzen auf die neue Wachstumsperiode vorbereitet. Spätestens Mitte März, wenn nicht gerade das Wetter Kapriolen schlägt, wird bestuhlt und angefangen, zu backen und zu kochen. Wir freuen uns mittlerweile über viele Stammgäste, die während ihres Urlaubes die Nachmittage und Abende bei uns verbringen. Wir haben zehn Saisonmitarbeiter, und selbst der Straßenverkauf mit Proviant für die Wanderer funktioniert gut. In einer alten Stallung haben wir einen Lese-und Schreibraum und daneben ein Atelier eingerichtet. Ein Lehrer und ein Maler geben den ganzen Sommer über Kurse für angehende Autoren und Künstler. Es ist eine wahre Freude, zuzusehen, wie unsere Ideen angenommen werden und zum Wohlbefinden der Gäste, aber auch von uns selbst beitragen.

Nun bin ich doch schon wieder in Tagträume verfallen, und ich beginne, mich endlich zusammenzureißen. Ich bin richtig froh, dass ich nicht einkaufen muss, denn ich habe wirklich viel zu tun, und es reicht mir, wenn ich einmal ums Haus gehe, um frische Luft zu schnappen. Jetzt mache ich noch meinen Abwasch, lüfte die Zimmer, mache die Betten, wische Staub und fege die Dielen. Anschließend marschiere ich mit einer frischen Kanne Kaffee in mein Zimmer, setze mich an meinen Schreibtisch, werfe den Computer an, lege Papier und Stifte und meine Brille bereit, stehe noch einmal kurz auf und stelle das Radio an, leise versteht sich. Dann habe ich alles getan. Ja, jetzt kann ich anfangen.

Heute schweifen meine Gedanken einfach so durch die Zeit, und ich lasse mich treiben. Wie war das noch, damals vor drei Jahren? Ich wollte meine Geschichte schreiben, aber es ging nicht. Ich hatte sozusagen Blut geleckt, ich wollte unbedingt schreiben. Wenn schon nicht meine Geschichte, dann würde ich eben eine andere erfinden, dachte ich damals spontan. Es war nun einmal der lange versteckte und heimliche Traum, der da an der Oberfläche kratzte.

Schreiben und malen! Obwohl das mit der Malerei nicht so ganz ernst gemeint war. Trotzdem – ein wenig Kreativität, ein bisschen Kunsthandwerk, schöner Schmuck, selbstgemachte Seifen, bemaltes Porzellan oder Steingut, Bilder. Das waren diese stillen und geheimen Wünsche, diese wunderbaren Dinge, die eine schöne Ausstrahlung haben, filigrane

Feinheiten aufzeigen und die Freiheit des Schaffens symbolisieren. An erster Stelle blieb jedoch das Buch.

Ich kämpfte mich durch das Internet, suchte nach Informationen und nach Verlagen. Was ich da alles las, war niederschmetternd. Es muss wohl Abertausende von Manuskripten geben, die niemand haben möchte und keiner braucht. Warum sollte ausgerechnet ich angenommen werden? Als unbekannte Autorin konnte ich mich ja nur lächerlich machen. Trotzdem spürte ich, dass ich es wollte. Wenn es niemanden interessierte, hatte ich es wenigstens einmal versucht. Und dann bin ich ja charakterlich noch so ein spezieller Fall. Gerade wenn vermeintlich etwas nicht geht, kommen der kleine Starrkopf und der kleine Gnom, die mir immer ins Ohr flüstern: „Jetzt erst recht!" Diese Eigenschaft brachte mich bisweilen zum Stolpern, manchmal war sie aber der ausschlaggebende Moment, genau das Richtige zu tun, um meinem Leben eine Wende zu geben. Im ungünstigsten Fall habe ich etwas für mich getan, nämlich das Gehirn und die Finger bewegt. Und dann war da ja auch meine Geschichte, die mich trotzdem umtrieb, doch diese musste warten, sie schaffte ich noch nicht.

Meine Vorstellungen waren schon sehr weit fortgeschritten, und nun stand ich da, denn da war die Idee mit dem Schreiben. Das Komplizierteste überhaupt, wie ich fand. Ich musste erst einmal lernen, wie man das macht. Unsinn, dachte ich, schreiben an sich konnte ich ja, aber ein Buch schreiben, das berühmte Handwerk, das beherrschte ich sicher nicht. Sollte ich nochmals die Schulbank drücken? Doch für meinen Geschmack war das viel zu teuer und dauerte auch zu lange. Eine dreijährige Ausbildung in einer Fernschule wollte ich nicht angehen. Was in drei Jahren nicht alles passieren konnte! Nein, das war nicht mein Weg. Also kaufte ich mir ein paar Ratgeber über das Schreiben und studierte diese Ausführungen mehr oder weniger intensiv. Das war auch so eine Sache, die Tipps in der richtigen Art und Weise anzunehmen. Am Beispiel des Schreibens von Dialogen kann ich das erklären: Da lernte ich in einem Buch, wann und in welcher Form Dialoge gut sind und was man tun oder nicht tun soll. Ich habe dann versucht, dies nachzuvollziehen und umzusetzen. Doch weil ich andauernd überlegte, ob meine Figuren nun richtig sprachen oder nicht, konnten sie nicht mehr spontan sein. Sie redeten auf einmal gestelzt daher. Mit anderen schreibtechnischen Ratschlägen ging es mir ähnlich. Es waren plötzlich gar nicht mehr meine Worte. Also legte ich alle Ratgeber erst einmal wieder beiseite.

Dann kam mir die Idee, es zunächst mit einem Groschenroman zu versuchen. Diese Romane sind relativ kurz, einfach in ihrer Struktur, und bei meiner telefonischen Nachfrage sagten sie mir in einem Verlag, dass sie vielleicht noch neue Autoren annehmen würden.

Gesagt, getan! Monatelang huschten meine Finger über die Tasten. Meine Fantasie war recht gut. Es war eigentlich ganz leicht, viel leichter, als ich gedacht hatte. Ich konnte schreiben und schreiben und schreiben und hatte plötzlich nach einiger Zeit drei Groschenromane fertig. Nun setzte ich eine Bewerbung auf und reichte bei einschlägigen Verlagen eine Leseprobe ein. Meine erste Hoffnung war groß, weil das Telefonat ja sehr optimistisch geklungen hatte. Andererseits war ich unsicher, weil ich gar nicht wusste, ob das, was ich zu Papier gebracht hatte, überhaupt gut war. Ich hatte meine Texte nämlich nicht einmal in der Familie herumgezeigt, weil ich fürchtete, sie könnten mich für eine Spinnerin halten. Eine Autorin in unserer Familie, das konnte sich sicher niemand vorstellen. Das passte nicht in unser Familienbild. Schreiberlinge gehörten jedenfalls nicht dazu.

Nach einiger Zeit kam ein Brief, in dem stand: Wir haben gerade kein Interesse, neue Autoren einzuarbeiten. Ein Verlag schrieb mir auf meine Anfrage, dass ich mir bereits erschienene Hefte kaufen und diese lesen solle. Um ganz sicherzugehen, erstand ich am Kiosk zwei Romane und nahm diese als Vorlage. Natürlich habe ich nicht abgeschrieben, das hätte ich niemals getan. Aber da Romanhefte immer eine gleichbleibende Dramaturgie haben, ja sogar haben müssen, lag es nahe, die Handlung an die Spielregeln anzupassen. In einer meiner Vorlagen erfüllte sich zum Beispiel eine junge Frau einen Traum, indem sie eine Boutique aufmacht, dann hat sie Probleme, lernt den Nachbarn, einen Juwelier, kennen und lieben und tralala. Bei mir war es eine Bürokauffrau, die sich einen Traum erfüllt, einen Pralinenladen aufmacht, Probleme hat, einen Kaffeehausbesitzer kennen und lieben lernt und tralala.

Ich – und nicht nur ich – hatte nur eine geringe Chance, die so fleißig erstellten Geschichten loszuwerden, das wurde mir anschließend wieder sehr bewusst. Aber es war mir gleich, ob jemand meine Texte haben wollte oder nicht. Ich beschloss, erst einmal zu schreiben, und irgendwann würde ich dann weitersehen. Der Starrkopf war also wieder da.

Das Nächste sollte eine fühlbare Steigerung sein, diesmal also ein Taschenbuch werden, und so legte ich wie eine Besessene los. Ich hatte ja ehrlich gesagt zu dem Zeitpunkt auch sonst nichts zu tun. Der Tag musste immer mit einer Aufgabe einhergehen. Ich und nichts arbeiten, das war überhaupt nicht denkbar. Als das Taschenbuch fertig war, wanderte es in die Schublade, und ich recherchierte zwei Jahre lang die Strukturen der Verlage, der Buchhändler und die Vertriebswege, um dann zu wissen, was ich tun wollte und wie mein neuer Lebensabschnitt aussehen konnte.

Ganz langsam setze sich vor meinem geistigen Auge das Leben in Szene, das ich führen wollte. Dennoch kämpfte ich lange Zeit mit mir, ob ich dies auch wagen sollte. Ich wusste nicht, ob es zielführend sein würde oder ob ich damit straucheln könnte. Womöglich war es eine Hausnummer zu groß für mich, in einem Becken zu schwimmen, in dem sich schon so viele andere tummelten. Manche davon ganz alleine, als Einzelkämpfer, und andere, die etwas mehr wagten.

Wie sich mein Leben gestaltete und wie es überhaupt weiterging in meinem Leben, dies fügt sich dann am Ende ein in die lange Geschichte meiner Familie, die Ende des 19. Jahrhunderts mit der Geburt meiner Großmutter Jakobina Friedericke begann.

Jakobina Friedericke
(Jahrgang 1890)

Es war ein klirrend kalter Tag am 8. Januar 1890. Der kleine See des Dorfes war dick zugefroren und die Fenster der Häuser waren von Eisblumen überzogen. Die Straßen lagen unter dem reichlichen Schnee verborgen. Dieser knirschte unter jedem Schritt und machte einem unerbittlich klar, wie kalt es war.

Quelle: Stadtarchiv Vaihingen/Enz

(heute Stadtteil von Vaihingen/Enz)

Die Familie Gode wohnte in einem kleinen Lehmhäuschen inmitten des Dorfes Gündelbach im Schwäbischen, am Ende einer engen dunklen Gasse, wo die kleinen Häuser – man kann sie fast als Hütten bezeichnen – so schräg ineinander verkeilt waren, dass man kaum unterscheiden konnte, wo wessen Haus begann und aufhörte und wo sich der jeweilige Eingang befand. Ein bestimmter Baustil war nicht zu erkennen, es war ein einfaches Fachwerk mit dunklen Balken und weiß getünchten Fassaden, die vom Wetter verschmutzt waren und von denen teilweise bereits die Farbe abblätterte. Die meisten aber waren froh, überhaupt ein Zuhause zu haben. Hauptsache, man hatte eine gute Stube, eine Küche und ein Schlafgemach. Dabei war man noch gut bedient, konnte man solch eine Hütte sein Eigen nennen. So ging es auch der Familie Gode, die alle Hände voll damit zu tun hatte, ihr karges Leben zu organisieren und die Kinder nicht verhungern zu lassen. Es war eine elende Zeit, in die sie hineingeboren worden waren, und es verlangte manches Gebet, um die Kraft aufzutanken, die notwendig war, um das Leben zu bewältigen. „Himmel hilf!", rief man das eine oder andere Mal in vielen Familien, so auch bei den Godes.

Vater Karl, ein alt aussehender, abgearbeiteter Mann, der die Familie als Steinbrecher[2] und Kleinbauer ernährte, schlürfte mit seinen kaputten, derben Schuhen auf dem Kopfsteinpflaster der Gasse entlang. Sein Rücken war gebeugt, als würde er einen Sack Kartoffeln tragen, das Gesicht vom Wetter gegerbt und faltig, die Haare waren lockig und lieblos zurechtgestutzt. Dabei war er gerade einmal neunundzwanzig Jahre alt. Seine Kleidung war erbärmlich, die Hose aus grauem Wollstoff mit Flicken übersät und ausge-

---

[2] In der Regel wurden Tagelöhner und auch Kleinbauern, die das Geld dringend brauchten, vom Frühjahr bis zum Herbst für den Steinbruch angeworben. Dabei handelte es sich um eine äußerst schwere und anstrengende körperliche Arbeit. Die Männer mussten die rauen Steine und den Schotter mit den Händen auf Loren verladen und transportieren. Das Pflasterherstellen war eintönig, und die Gesundheit war durch den Steinstaub hochgradig belastet. Unter dieser Sichtweise wird auch der weitverbreitete Spruch „Den müsste man in den Steinbruch schicken" plausibel. Er wird dann artikuliert, wenn man jemandem eine harte Bestrafung wünscht.

bessert. Der kleine Stehkragen an seinem alten Hemd war dünn und abgescheuert. Seine Schildmütze trug er in der Hand, denn trotz der Kälte schwitzte er vom schnellen Gehen.

Sein Nachbar August war nämlich vor ein paar Minuten mit eiligen Schritten zum Großbauern Emil Brecht gekommen und hatte hektisch nach Karl gerufen. „Karl, kumm schnell, die Luise, des Kind kummd, s'isch so weit."
Karl hatte sofort die Mistgabel fallengelassen und den Stall verlassen. Schnell rannte er die Staffeln hoch und riss die Tür seines Häuschens auf. Noch bevor er die Schlafstube erreicht hatte, hörte er schon den ersten Schrei des Kindes, seines dritten Kindes. Er öffnete die Tür, seine Frau Luise lag im Bett und hielt das kleine Bündel, das in eine Decke eingewickelt war, im Arm.

„S'isch e Medle", sagte sie leise. „S'isch gsund un soll Jakobina Friedericke haiße", beendete sie ihren Satz.
Karl stand immer noch vor dem Bett und drehte seine Mütze in der Hand. Schon wieder ein Kind, schon wieder ein hungriges Maul. Wie sollte er das nur schaffen?
Er antwortete ihr nicht, sondern nickte nur. Was sollte er auch sagen? Er war so müde. Beim Großbauern Brecht hatte er heute den ganzen Tag im Stall gearbeitet. Dafür würde er aber im Frühjahr das Pferd und einen Pflug bekommen, um seinen kleinen Kartoffelacker umzupflügen. Eine Hand wäscht schließlich die andere. Auch ein Großbauer hatte nichts zu verschenken. Deshalb musste eine Gegenleistung erbracht werden.

1893, drei Jahre später, kam schon das nächste Kind: Wilhelmina Sofia. In diesem Jahr mussten die Bauern in diesem Landstrich mit einer schrecklichen Dürre fertig werden[3]. Sie konnten sogar ihre Tiere nicht mehr ernähren. Das meiste Vieh musste geschlachtet werden, und so entstand ein Überangebot, das den Preis drückte. Viele ließen das Vieh einfach weglaufen, weil niemand das Fleisch haben wollte.

Im darauffolgenden Jahr 1894 folgte der strengste Winter des 19. Jahrhunderts. Alle Kleintiere und Vögel erfroren. Zwei Meter hoch lag der Schnee. Selbst Handwerksburschen, die unterwegs waren, wurden nach dem Ende des Winters erfroren aufgefunden, weil sie in Schneestürme geraten waren und sich nicht in ein Gebäude hatten retten können.

Nach diesen Naturkatastrophen folgten für die Familie Gode noch drei weitere Kinder. Dieser Umstand war für sie kaum mehr zu bewältigen. Und so musste aus der Not heraus gehandelt werden.

Friedericke war erst zwölf Jahre alt, als sie der Vater nach Menzingen zum Großbauern Ludwig Imhof brachte, wo sie als Magd dienen sollte. Sie war bisher nur vier Jahre in der Volksschule[4] gewesen und konnte deshalb nur begrenzt lesen und schreiben. Dies würde für ihr Leben reichen, war die Ansicht der Eltern, die wie viele Großfamilien ihre Kinder zum Arbeiten weggegeben haben, um ein wenig Geld für die Familienkasse einzunehmen. Um nicht zu sagen, sie haben ihre Kinder auf Zeit verkauft.

Bauer Imhof hatte nur einen Sohn, den Erwin. Helene, der Frau des Bauern, hatte nach Erwins Geburt die Gebär-

---

[3] Zitat aus dem Buch „1200 Jahre Oberöwisheim"
[4] Die Volksschule wurde mit Einführung der Schulpflicht geschaffen und war eine Bildungseinrichtung für die einfache Bevölkerung; der Name diente der Abgrenzung gegenüber den gehobenen Bevölkerungsklassen. Heute entspricht sie der Hauptschule und stellt das das Mindestmaß an Bildung für ein Kind dar.

mutter entfernt werden müssen. Seitdem war die Liebe erkaltet, und in seinem inneren Zorn versuchte der Bauer noch nicht einmal, seine vielen Mätressen in der Stadt vor seiner Frau zu verbergen. Gegenüber seiner Familie, seinen Mägden und Knechten war er ausgesprochen geizig. Er und seine Frau waren auch sehr hart und hochmütig, sie gönnten ihren Hilfen noch nicht einmal die Butter, geschweige denn Margarine auf dem Brot.

Ihr Sohn Erwin war achtzehn Jahre alt, hatte schwarze Haare und blaue Augen. Er war ein Luftikus und ließ nichts anbrennen. Seine Mutter wickelte er ohnehin um den Finger, und sein Vater schaffte es nicht, ihm eine gewisse Ordnung und ein Verantwortungsgefühl beizubringen. Der Junge war so hinterlistig, dass er es immer wieder schaffte, den Zorn des Vaters wegen nicht erledigter Arbeit auf die Knechte und Mägde umzuwälzen.

„Du musch fleißig schaffe, dass se de ned wegschigge", ermahnte der Vater Friedericke, kurz bevor sie auf dem Hof ankamen.

Friedericke nickte, ihr klopfte das Herz bis zum Hals aus lauter Angst. Ihre beiden älteren Geschwister waren auch schon den dritten Sommer bei Bauern untergebracht. Die kannten das schon, aber sie selbst machte das zum ersten Mal. Sie hatte unglaubliches Herzflattern und war tief enttäuscht. „I will ned, i will hoim!", flüsterte sie. „Ich kann doch a dehoim helfe."

„Sei still!", schrie Karl. Auch ihn schmerzte es jedes Frühjahr, die Kinder losschicken zu müssen. Doch seine große Familie hatte keine andere Wahl.

Karl blickte Friedericke streng an. „Untersteh dich ned un mach dei Arbeit gut beim Bauer. Der zahlt en guter Preis und du musch des Geld wert sei, versteh me. Ich kann de ned ernähre, ich brauch des Geld."

Er wusste, dass er viel von einem zwölfjährigen Mädchen verlangte. Aber er durfte ihr das nicht zeigen. Seine anderen Kinder mussten auch damit zurechtkommen. Er griff nach ihren Zöpfen und zog sie hinter sich her, weil sie immer langsamer wurde.

Sie betraten das Bauernhaus, und der Vater schubste Friedericke in die Küche. Es war gerade Mittagszeit, und alle saßen um den Tisch herum und starrten die kleine Friedericke an.

„Die isch awwer dünn, die kann doch ned zupacke!", rief die Bäuerin. „Schick se weg, des isch nausgschmisses Geld."

„Awa, die lernd des scho, dafür kostet se ned so viel", antwortete Ludwig.

Helene schüttelte den Kopf. „Die fällt beim erschder Windstoß um, des isch wirklich nix. Aber wenn du des wid! Franziska, geh zeigere die Kammer und dann kann sie gleich in Kiech geh und abwasche."

Die Bäuerin schickte Friedericke also gleich zum Arbeiten, obwohl sie wusste, dass das Mädchen einen mehrstündigen Fußmarsch hinter sich hatte und ihr eine warme Mahlzeit sicher gut getan hätte.

Karl blickte zur Seite, er wusste, was in seiner kleinen Tochter vorging. Sie durfte nicht sehen, dass er Mitleid mit ihr hatte.

Ludwig stand auf, holte aus seiner Hosentasche das bereitgelegte Geld und drückte es Karl in die Hand. „Da hasch dei Geld. Ich hoff, sie isch's wert. Hol se am ledschde Tag im Oktober wieder ab." Dann zeigte er zur Tür, und Karl blieb nichts anderes übrig, als zu gehen.

Für Friedericke begann eine schwere und leidvolle Zeit. Viele Monate lang angefüllt von harter Arbeit an mindestens zehn Stunden am Tag, was eigentlich von einem kleinen Mädchen kaum zu schultern war. Ihr ganzer Körper schmerzte, und oft bekam sie noch eine gescheuert, wenn sie mit ihren kleinen Händen nicht schnell genug zugreifen konnte. Das Essen für die Hilfen war schlecht und wenig, und wenn sie nicht alles erfüllen konnte, was man ihr auftrug, folgte die Strafe noch am gleichen Abend. Mit den anderen in Lohn und Brot stehenden Kindern musste sie dann in einem leeren Schweinestall ohne Matratze und Licht nächtigen. Freundschaften entstanden nicht, jeder kämpfte für sich ums Überleben.

So ging das Jahr für Jahr und Saison für Saison. Dabei hatte Friedericke noch Glück, dass sie immer wieder vom gleichen Bauern genommen wurde und sich dort schon auskannte. Mittlerweile hatte sie sich daran gewöhnt und konnte sich gut auf die Situation einlassen, was ihr das Leben etwas leichter machte, sofern man das überhaupt so nennen konnte. Friedericke war inzwischen zarte sechzehn Jahre alt und etwas spät in ihrer Entwicklung, was ja bei der schlechten Ernährung und der schweren Arbeit auch kein Wunder war.

Im Frühjahr, kaum als sie wieder bei Imhofs angekommen war, bekam sie zum ersten Mal ihre Regel. Niemand hatte ihr erklärt, was passieren würde. Sie hatte Bauchschmerzen, und das Blut tropfte ihr die Beine hinunter. Das blanke Entsetzen stand ihr ins Gesicht geschrieben. Voller Verzweiflung nahm sie ein Geschirrhandtuch und klemmte es zwischen die Beine, was sie zu einem watschelnden Schritt zwang, und die anderen lachten sie aus. Niemand wusste, was mit ihr los war.

Ihre Kammer teilte sie in diesem Jahr mit Agathe. Diese hörte tief in der Nacht Friederickes Schluchzen, und nach Agathes langem Drängen flüsterte sie ihren Kummer schließlich stockend heraus.

„Heulen nützt dir da gar nichts", sagte Agathe resolut. Sie war zwei Jahre älter als Friedericke, und schnell sorgte sie für Abhilfe. Sie gab ihr zwei gestrickte Baumwollbinden, die an beiden Enden eine Verlängerung hatten. Mit Sicherheitsnadeln wurden die Enden am Schlüpfer befestigt. „Wechsel mit den zwei Binden ab und weiche sie immer gleich ein, weil das Blut schlecht rausgeht. Frag die Anna, ob sie dir die Binden am Waschtag mitkocht.“

„Isch des e Krankheit?“, wollte Friedericke wissen.

„Ne, des isch halt so. Des kommt alle paar Woche. Des macht nix. Bleib aber von de Kerle weg.“

Friedericke traute sich nicht mehr, nachzufragen. Sie war erst einmal beruhigt, und an den Schmerz hatte sie sich auch schon gewöhnt.

Einen Tag später wurde sie vom Bauern mit einem Riemen verdroschen, weil er mitbekam, dass sie im Wäschezuber ihre blutdurchtränkten Binden einweichte.

„Du alte Sau!“, schrie der Bauer. „In mei Wesch stopfsch du die dreckige Binde! Ha, des gibd's doch ned.“

Blind vor Wut schlug er auf sie ein, und Agathe, die daneben stand, ärgerte sich sehr, dass sie nicht besser aufgepasst hatte. Sie hätte es verhindern können, hätte sie nicht Friedericke getadelt, während der Bauer es mithören konnte. Er schlug das Mädchen grün und blau und schickte sie zur Strafe bereits am Mittag in den Stall, der ja seit Jahren als Straflager diente. Friedericke weinte sich stundenlang in den Erschöpfungsschlaf.

Mitten in der Nacht bemerkte sie, wie ihr jemand das Kleid hochschob. Ein schwerer Körper legte sich auf sie und drückte sie hinunter. Sie versuchte zu schreien, aber man hielt ihr den Mund zu. Im Mondlicht, das einen schmalen Lichtstreifen durch die Tür ließ, blickte sie in das gierige Gesicht von Erwin, dem Sohn des Bauern. Dieser wälzte sich über sie und drang in sie ein. Ihr war, als würde sie jemand zerreißen, und inmitten dieses irrsinnigen Schmerzes glaubte sie, sterben zu müssen. Sie sandte ein letztes Stoßgebet zum Himmel, und dann schloss sie die Augen.

Ein paar Stunden später bemerkte sie langsam, dass sie gar nicht tot war, sondern immer noch im Stall lag. Ihr Kleid war blutig und zerfetzt, und sie war selbst erstaunt, wie es ihr gelang, einen klaren Gedanken zuzulassen und eine Entscheidung zu fällen. Sie erhob sich und schleppte sich zur Tür. Gott sei Dank hatte Erwin vergessen, den Riegel vorzuschieben, als er gegangen war, und so konnte sie sich in ihre Kammer schleichen. Agathe schlief tief und fest. Friedericke schnürte ihre Habseligkeiten und machte sich auf die stundenlange Wanderung nach Hause.

Als sie gegen sieben Uhr morgens die Tür zur Küche öffnete, blickte sie in die entsetzten Augen ihrer Mutter Luise. Diese wusste sofort, was passiert war, als sie ihre Tochter sah.

„Lieber Gott, was hasch denn do zuglasse?", fragte sie den Herrn. Sie nahm Friedericke bei der Hand und half ihr, sich auszukleiden. Als sie sah, dass sie neben der Verletzung auch noch ihre Regel hatte, holte sie Tücher und warmes Wasser. Stundenlang versuchte sie, die Blutung zu stillen und das entkräftete Mädchen mit all seinen Blutergüssen zu versorgen.

„Wer war des?", fragte sie schließlich. Es war eindeutig, was da geschehen war. „Der Erwin, der Hurensohn", flüsterte Luise, noch ehe ihre Tochter etwas sagen konnte. Sie hatte den Mistkerl einmal gesehen, als sie Friedericke im Frühjahr zum Hof gebracht hatten, und gleich erkannt, was für ein leichtsinniges Huhn er war.

Einige Wochen später blieb Friederickes Regel aus. Sie rannte oft über den Hof zum Plumpsklo, um sich zu übergeben. Luise ahnte Fürchterliches.
Friederickes Schwester Maria hatte die Hebamme Lina geholt, die mit schnellen Schritten in Friederickes Schlafkammer kam. Sie stellte ihre Tasche ab, nahm ihr Stethoskop heraus und begann mit der Untersuchung.

„S'isch ned auszuhalte, ich weiß ned, was los isch", stöhte Friedericke.

„Seit wann hast du Wehen?", fragte Lina.

„Geschdern Obend had's o'gfange."

Lina hob die Augenbrauen, blickte Friedericke ernst an und schüttelte mit dem Kopf. „Das geht jetzt also schon seit mehr als vierundzwanzig Stunden so?"

Friedericke nickte. „I muss schaffe, i hab me eigschnürt. Isch des jetzt schuld, dass mir des so weh macht?"

Lina ging nicht auf ihre Frage ein. „Und seit wann hast du jetzt die Wehen in so kurzen Abständen?"

„I waiß ned, scho lang!" Sie umklammerte die Hand der Hebamme. „Isch's schlimm?"

„Für das Kind ist es jedenfalls gefährlich."

Eine neue Welle des Schmerzes ließ Friedericke aufschreien. „I will lewe, helf mer!", rief sie mit verzerrtem Gesicht, das ihren ganzen Schmerz widerspiegelte.

Lina wartete, bis der Schmerz vorüber war, dann tastete sie weiter Friederickes Leib ab. Sie merkte, dass dieser auf der einen Seite aufgetrieben war, und wusste sofort, dass es sich um eine Steißlage handelte. Sie musste jetzt einen Arzt holen. Es war ihr zu gefährlich, das Kind alleine auf die Welt zu bringen. „Ich muss den Doktor holen, das Kind liegt quer", sagte sie.

„Nein!", schrie Friedericke. „Es derf koiner wisse, dass i e Kind hab."

Lina war in die Geschehnisse eingeweiht, aber damit hatte auch sie nicht gerechnet. Sie schlüpfte durch die Kammertür hinaus und traf Mutter Luise, die schon einige Töpfe mit heißem Wasser vorbereitet hatte, in der Küche an.

„Du brauchst eine halbe Stunde, um den Doktor zu holen, Luise", rechnete die Hebamme laut.

„Wenn er do isch", ergänzte Luise.

„Wenn nicht, kann Friedericke oder das Kind Schaden

nehmen", erklärte ihr Lina.

Luise schaute sie schweigend an. „Und wenn du's machsch?"

„Dann kann das Gleiche passieren, ich bin kein Doktor. Es ist ein schwieriger Fall."

„Es kann aber auch sein, dass es gut geht?", fragte Luise leise.

„Ja, wir können auch Glück haben, wenn ich es hinbekomme."

„Dann mach's, Lina. S'wird schon gut gehen. Es muss unter uns bleiben mit dem Kind, weil des sowieso sofort weg kommt. Diese Schmach halde mir sonschd ned aus. E ledigs Kind, Gott bewahre."

„Es geht aber nicht nur um das Kind, Luise. Es geht um deine Tochter. Auch ihr Leben ist in Gefahr!"

„I hab scho verstande. Wenn's raus kummd, dann isch ihr Leben sowieso nemme mehr viel wert. Die heiert doch koin Mann mit em Bankert[5]. Gott entscheidet jetzt, was mit ihr passiert."

Die beiden Frauen schoben den Küchentisch in die Mitte des Raumes und hoben Friedericke hinauf. Schweigend schleppte Luise saubere Tücher und heißes Wasser herbei. Lina tastete noch einmal mit zwei Fingern den Leib des Ungeborenen ab und erkannte, dass sein Rücken nach vorne lag.

Friedericke biss in ihr Kissen, um nur keinen Laut von sich zu geben.

„Friedericke", sagte Lina, „um Himmels willen schreie, wenn dir danach zumute ist. Was gehen uns in dieser schwe-

---

[5] *Bankert* war die landläufige, in der Regel abwertend gemeinte Bezeichnung für ein uneheliches Kind.

ren Stunde die Leute an? Wir finden schon einen Weg."

Jetzt erst wurde Lina klar, was für eine schwere Geburt dies jetzt werden würde. Durfte sie das der nichtsahnenden Luise zumuten? Wenn sie sie jetzt wegschickte, wer sollte ihr dann helfen? Mit rauer Stimme und Schweißperlen auf der Stirn fragte sie schließlich Luise: „Hast Du gute Nerven?"

„Ja."

„Du musst nicht hinschauen, du sollst es auch gar nicht. Hol mir noch eine Schere, Wasser und die Tücher. Dann kannst du Friederickes Hand halten. Ich muss das Kind jetzt holen."

Vorsichtig versuchte sie, das Kind an den Füßchen zu drehen, was ihr zunächst nicht gelang. Schweißperlen traten ihr auf die Stirn, sie glaubte, zu versagen. Doch ganz langsam gelang es ihr, aus der Querlage herauszukommen und das Kind auf die Welt zu holen. Sie durchtrennte die Nabelschnur und gab dem kleinen Mädchen einen Klaps auf den Po. Es brüllte, und Lina atmete auf. Das Kind war zum Glück auch sofort wieder ruhig, sodass die Gefahr, dass die Nachbarn etwas mitbekamen, relativ gering war. Ohnehin war es ein Wunder, dass Friedericke sich so hatte schnüren können, dass niemand ihre Schwangerschaft bemerkt hatte.

Nach der schweren Geburt hatte Friedericke ihre Tochter Gertrud nicht zu Gesicht bekommen. Sie war viel zu erschöpft, und außerdem wollte sie die Kleine auch nicht sehen, weil sie wusste, dass man sie sofort wegbringen würde. Es war nur der Name Gertrud, der ihr blieb – sonst nichts. Später sollte sie immer mal wieder von dieser Tochter erzählen und sie erst im hohen Alter wiedersehen.

Im Jahre 1909, zwei Jahre später also, wurde Friedericke im Alter von 19 Jahren mit dem Tagelöhner Jakob Gundelfing verheiratet. Es war eine Absprache zwischen den Eltern des Brautpaares. Karl und Luise waren froh, ihre Tochter mit dem Makel der verlorenen Unschuld untergebracht zu haben.

Friedericke und Jakob lebten nach der Heirat in Jakobs Elternhaus, das ebenfalls eine kleine Hütte von armen Leuten war, wie sie es von zu Hause kannte. Neben der kleinen Landwirtschaft musste Friedericke auch Jakobs Eltern versorgen. Ihre Tage waren ausgefüllt, dabei schenkte sie in Abständen von etwa jeweils einem Jahr fünf Kindern das Leben.

Im Sommer 1910 gab es sehr schwere Gewitter und viel Regen. Unzählige Menschen wurden vom Blitz erschlagen. Es gab keinen Wein und keine Kartoffeln.

Und wieder waren Naturkatastrophen der Anlass für entscheidende, tiefe Einschnitte im Leben der Familie.

Quelle: Buch „1200 Jahre Oberöwisheim"

Überschwemmung und Unwetter im Jahr 1910

Jakob war ein Mann, der sich stets in den Haushalt einmischte und Friedericke kaum Raum für eigene Entscheidungen ließ. Schläge waren an der Tagesordnung. Die Kinder Elsa,

Hans, Hilda, Heiner und Otto wurden dabei nicht verschont.

„Was gibt's zu esse?", fragte Jakob, als er vom Feld nach Hause kam. Er hatte für ein paar Tage eine Arbeit als Knecht bekommen.

„Brotsupp", antwortete Friedericke kleinlaut, während sie ihre betagte Schwiegermutter stützte, um sie an den Tisch zu setzen.

„Brotsupp? I hab Kohldampf, du blede Kuh!", rief er wütend.

Friedericke wusste, was jetzt kommen würde. Er langte aus und schlug ihr mitten ins Gesicht.

Mittlerweile konnte sie nicht mehr weinen. Sie schluckte die Demütigungen hinunter wie einen Schluck Wasser. Was hätte sie auch tun sollen mit fünf Kindern und einem alten Ehepaar, das auf ihre Hilfe angewiesen war?

Jakob setzte sich an den Tisch und löffelte seine Suppe. Plötzlich sah er auf und sagte: „Die Grambe[6] fresse uns d'Hoor vom Kopf."

Alle Kinder senkten den Blick, sie wollten dem Vater keinen Anlass geben, böse auf sie zu sein.

„Du kansch se jo ned dodschlage, des sinn doch unser Kinner", antwortete Friedericke leise. „Es isch schlimm gnug, wenn se ned in d'Schul kenne und schaffe misse. Des isch doch nix, wenn se ned lese und schreibe kenne."

„Halt dei Schlappergosch, des isch ned nedig, dass die in d'Schul gehe. Die misse wisse, was schaffe haißt. Ich hab a nix glernt."

Er lehnte sich zurück und dachte nach. „Mir misse welche weggebe zu de Bauern oder glei zur Adoption freigewe", sagte er nach einer Weile.

---

[6] *Grambe* ist ein abwertendes Wort für Kinder.

„Des gehd doch ned", wandte Friedericke erschrocken ein.

„Wieso, du hasch doch a geh misse und hasch's überlebt."

„Des geht doch ned", wiederholte Friedericke monoton und senkte den Kopf. Tränen schossen ihr in die Augen, und ihre innerlich zu Grabe getragene Vergangenheit stand plötzlich wieder vor ihr auf. Gertrud. Was wohl aus ihrer Gertrud geworden war?

Im Winter 1913/14 musste die älteste Tochter Elsa die Familie verlassen. Man hatte über das Amt eine Pflegefamilie gefunden. Jakob wurde 1914 eingezogen, um als Soldat zu dienen. Friedericke versorgte weiterhin Jakobs Eltern.

Erst viele Jahrzehnte später sah Friedericke ihre Tochter Elsa zum ersten Mal wieder. Sie hatte ihre Kindheit und Jugend in Hamburg bei einer netten Familie verbracht, war von dieser adoptiert worden und somit dem Elend entronnen. Allerdings konnte sie das erst im Alter von über fünfzig Jahren einigermaßen richtig einordnen. Bis dahin glaubte sie, von der Mutter verstoßen worden zu sein. Ähnlich ging es auch ihrer Halbschwester Gertrud.

Nach dem Ausbruch des Ersten Weltkrieges waren auf den Straßen viel Patriotismus und Begeisterung zu spüren. Man läutete in den Dörfern die Glocken, und dann zogen die Männer in den Krieg. Doch nicht alles war pure Freude: Pferde wurden beschlagnahmt, und selbst die bäuerlichen Familien mussten hungern, denn die Lebensmittel waren knapp. Von überall her kamen die Leute und bettelten. Die meisten wussten nicht mehr, was sie essen sollten. Glück hatten die, die von Verwandten in Amerika gelegentlich ein Paket in Empfang nehmen konnten.[7]

Umso schwerer hatte es Friedericke, die mit ihren fünf Kindern und den kranken Schwiegereltern alle Hände voll zu tun hatte. Jakobs Vater hatte einen Schlaganfall gehabt und lag im Bett, konnte nicht mehr sprechen und nicht mehr aufstehen. Friedericke musste ihn alleine versorgen, anheben und umbetten. Nur beim Wechseln der Bettwäsche fragte sie die Nachbarin. Ihre Schwiegermutter war gehbehindert und fast blind. Auch sie war ein Vollpflegefall und nicht in der Lage, irgendetwas selbst zu machen. Und trotzdem fand Friedericke noch die Zeit, den Garten und einen Kartoffelacker zu bebauen. Aber auch das reichte nicht, um die vielen Mäuler satt zu bekommen. Sie konnte später nicht mehr sagen, wie es ihr gelungen war, jeden Tag etwas auf den Teller zu bringen. Meistens gab es Wassersuppe mit Geschmack. Alle möglichen Kräuter und Gräser dienten dazu, die Mahlzeit abwechslungsreich aussehen zu lassen. Ein Kanten Brot war eine Delikatesse. Es war eine schwere Zeit, die sie mit ihren Kindern durchleben musste.

1916 verstarben nacheinander beide Schwiegereltern. Friedericke betete zu Gott, die beiden Schwerkranken, denen sie kaum mehr die letzten Tage und Stunden erleichtern konnte, zu erlösen. Und der Tod der beiden Alten erleichterte auch ihre eigene Situation ein wenig. So schlimm sich dies auch anhörte, es waren nun zwei Menschen weniger, um die sie sich Sorgen machen und die sie ernähren musste.

---

[7] Historische Beschreibung aus dem Buch „1200 Jahre Oberöwisheim"

Jakob als Soldat

1917 kam die Nachricht, dass Jakob gefallen war. Übrig blieb bis heute ein Foto, das ihn als stolzen Mann in Uniform zeigt. Es war wohl die einzige Zeit in seinem Leben, in der er äußerlich und damit auch innerlich etwas darstellte.

Für Friedericke war Jakobs Tod einerseits eine Befreiung, andererseits jedoch ein Schlag ins Gesicht, denn jetzt kamen seine Geschwister aus ihren Löchern gekrochen. Sie öffneten die Tür zur Stube und bauten sich zu sechst vor ihr auf. Friedericke ahnte, dass sich gerade über ihrem Kopf ein Gewitter zusammenbraute, das mit Blitz und Donner einschlagen würde.

Jakobs ältester Bruder übernahm das Wort und trat ganz nahe an sie heran. „Friedericke, schnür dei Bündel, schnapp die Grambe un verschwind. Des isch unser Haus."

Friedericke stand wie versteinert da. Es dauerte lange, bis sie begriff, was da vor sich ging. Die Geschwister warfen sie aus dem Elternhaus ihres Mannes, das auch ihr Zuhause war? Sie verstand diese Aktion nicht. Alle hatten ein Dach über dem Kopf und brauchten das Häuschen nicht.

„Warum wolld ihr des? Johrelang hawwe me um eire Eltere kümmerd. Wo ward ihr Schlappedengler bloß die ganz Zeit? I hab zwai alde Leid der Hinnere butzt und hab d'Windeln von ihne gwasche. Wo ward ihr, he, ihr Dagdieb, ihr Kaffruse? Un jetzt, dengd ihr ned an die Kinner vom Jakob? Die sin a eier Familie. Wo solle die uffwachse?"

Friedericke ließ sich auf einen Stuhl fallen. Sie fand keine Worte mehr. Jakobs Geschwister aber ließen sich auf keine Diskussion ein. Sie zeigten mit dem Kopf zur Tür.

„Morge bisch verschwunde", sagte der Wortführer. Dann gingen sie hinaus und schlugen die Tür hinter sich zu.

Friedericke brach in Tränen aus. „Warum, Herrgott, warum hasch koi Einsehe mit mir? I kann doch a bloß des trage, was mei Buggel aushält!"

Die halbe Nacht saß sie am Küchentisch und überlegte, wo sie mit ihren Kindern hingehen und wo sie eine Arbeit finden konnte.

Zunächst verschlug es sie zu einem Bauern in Menzingen, der ihr im angebauten Waschhaus eine kleine Bleibe zur Verfügung stellte. Zu sechst lebten sie nunmehr in einer Stube mit einer winzigen Küche, die eigentlich eine Waschküche mit einem Kessel war. Es war erbärmlich. Friedericke musste von früh am Morgen bis spät in die Nacht auf dem Hof arbeiten und bekam so wenig Geld und Essen, dass es fast nicht auszuhalten war. Die Kinder blieben in der Zeit sich selbst überlassen und durften nur am Rande des Hofes spielen, mit der Folge, dass die Kinder sehr rasch in ein Heim kamen und Friedericke zu den Eltern zurückgehen musste. Die beiden jüngsten Kinder starben in dieser Zeit. Sie hatten einfach keine Abwehrkräfte und waren immer kränklich, was bei der kargen Ernährung ja auch kein Wunder war.

Da die älteste Tochter Elsa ja mittlerweile zur Adoption freigegeben worden war, blieben nur noch Hilda und Hans übrig. Friedericke hoffte, die beiden bald wieder aus dem Heim holen zu können.

Die folgende Zeit bei den Eltern war natürlich auch eine Belastung für Friedericke. Es fiel ihr schwer, sich Mutter und Vater wieder unterzuordnen, nachdem sie jahrelang eigenständig gelebt und entschieden und auch sehr viel Verantwortung getragen hatte. So blieben die Reibungspunkte nicht aus. Ihre jüngeren Geschwister, die nicht viel älter waren als ihre eigenen Kinder, waren der Ansicht, ihrer Schwester, dem Eindringling, der auch noch mit am Tisch saß, zeigen zu dürfen, dass sie hier nichts zu sagen hatte und auch gar nicht gerne gesehen war. Schließlich war es nun wieder ein hungriges Maul mehr, mit dem sie das Essen teilen mussten.

Friedericke ließ sich ihre Traurigkeit nicht anmerken. Sie kannte das ja schon, nicht gemocht zu werden, und versteckte ihre Gefühle hinter ihrer Arbeit. Wie sonst hätte sie das alles ertragen können? Immerhin hatte man ihr auch ihre Kinder weggenommen. Alles in allem eine innere Zerrissenheit für eine Mutter, die sich um ihre Kinder sorgte und sie gerne wiederhaben wollte.

Es sollte aber noch lange dauern, bis sie ihre Kinder wiedersehen würde. Und es sollte noch vieles geschehen, bis die Zeit dafür reif war.

Hans und Hilda, so viel darf schon gesagt werden, blieben

auch später in der Region. Sie wurden Magd und Tagelöhner und führten ein ganz hartes Leben ohne jede Chance auf Bildung.

Hans hatte in seiner Ehe auch mehr als eine Handvoll Kinder, von denen eine Tochter ebenfalls in einer Pflegefamilie aufwuchs. Das Schicksal schien sich also zu wiederholen. Sie führten ein armes und sehr bescheidenes Leben.

Quelle: Buch „Kraichtal und seine Stadtteile", ISBN 3-924932-63-8

Gochsheim
(Stadt Kraichtal)

Hans wohnte mit seiner Familie in Gochsheim in einer kleinen Mietwohnung, und die Lebensumstände waren äußerst schwierig. Friedericke hatte alle Mühe, die Familie immer wieder aufzurütteln und zu ermuntern, ihr Leben zu meistern und positiv anzugehen. Einige Male war ich dabei, und ich kann mich erinnern, dass meine resolute Oma Friedericke auf alle einredete und sie aufforderte, dieses und jenes zu tun. Ich sah ihr zu, wie sie die Wohnung aufräumte und die Kinder kontrollierte. Sie agierte wie ein Feldwebel, und ich fand das als junges Mädchen komisch, wie sie erwachsene

Menschen so befehligen musste. Ich war ja ein Enkelkind aus ihrer zweiten Ehe, von der ich noch berichten werde, und verstand nicht, warum sie immer so am Antreiben und Schimpfen war.

Friederickes Tochter Hilda lebte mit ihrem Mann Franz in Bruchsal in den damals leeren Kasernen, die sowohl an Gewerbetreibende als auch an Familien vermietet wurden. In Heimarbeit schuftete Hilda für eine Zigarrenfabrik, um sich und ihren Mann über Wasser halten zu können. Der Weg zu ihrer Tochter nach Bruchsal war für Friedericke immer weit und lang. Zuerst der Fußmarsch zum Bahnhof in Oberöwisheim, dann der weite Weg durch die ganze Stadt Bruchsal bis zu den Kasernen. Und auch hier wiederholte sich ihr Handeln und Tun im Interesse ihrer Kinder.

Quelle: Stadtarchiv Bruchsal

Bruchsal

Auch bei Hilda und Franz lief nicht alles rund. Beide waren ruhig und langsam und machten als junges Ehepaar nicht den Eindruck, als hätten sie ihr Leben gut im Griff. Franz verlor immer wieder seine Arbeit und hatte nicht selten unrealisierbare Ideen, ein Tagträumer, der seinen Teil zum Leben selten beitragen konnte. Hilda aber war eine fleißige Frau, die bis ins hohe Alter in Fabriken arbeitete und Geld verdiente, davon in ihrer zweiten Lebenshälfte viele Jahre in einer Porzellanfabrik.

Heute weiß ich, dass Friederickes Kinder aus erster Ehe sehr darunter leiden mussten, dass sie in Heimen untergebracht waren. Dadurch und durch das armselige Leben, das sie zuvor geführt hatten, waren sie teilweise sehr unselbständig und unbeholfen. Und Friedericke hatte vielleicht auch ein schlechtes Gewissen, weil sie ihnen nicht die Unterstützung hatte geben können, die sie für ihr Leben gebraucht hätten. Später wollte sie dann all das nachholen, was ihr nicht möglich gewesen war, als die Kinder klein waren. Nur honorierte das inzwischen niemand mehr. Alle fühlten sich von ihr bevormundet und beaufsichtigt und gingen deswegen nicht besonders dankbar oder gar liebevoll mit Friedericke um.

Dennoch nahm Friedericke viele Jahrzehnte Woche für Woche die langen Wege auf sich und fuhr mit der Bummelbahn zu ihren beiden Kindern. Oft verpasste die resolute Friedericke ihrer Schwiegertochter und ihrem Schwiegersohn einen Klaps, wenn sie erkannte, dass der Haushalt oder der Alltag aus dem Ruder zu laufen drohten. Wobei dies bei Hans mit seinen vielen Kindern weitaus umfangreicher und schwieriger war. Mit stechendem Blick verschaffte sich Friedericke stets den nötigen Respekt. Sie war allen eine Wächterin über ihr Leben, selbst als sie längst erwachsen waren.

Im Jahr 1919, nur etwas mehr als ein Jahr, nachdem Jakob im Krieg sein Leben gelassen hatte, seine Kinder in Heimen untergebracht worden waren und seine Frau Friedericke zu ihren Eltern hatte zurückkehren müssen, um ein Dach über dem Kopf zu haben, nahm Vater Karl die Angelegenheit in die Hand und plante erneut das Leben seiner Tochter, das bisher immer in einem Fiasko geendet hatte.

Es war ein ganz besonderer Tag. Vater Karl befahl Friedericke, ihr Sonntagskleid anzuziehen, und er selbst schlüpfte in seinen abgewetzten Anzug. Dann fuhren sie mit dem Zug nach Oberöwisheim, wo Karl eine Verabredung hatte. Sie klopften im zweiten Stock eines sehr alten Hauses an die Küchentür, die weit offenstand.

„Kum rei", rief eine energische Stimme. „Un setzte do no", dabei deutete der Mann auf die beiden Stühle die am Tisch standen.

Friedericke rutschte unruhig hin und her. Es war ihr sichtlich unangenehm, dass man hier über sie sprach und über sie verhandelte, als sei sie ein Stück Vieh, das es galt zu mästen, bis es geschlachtet werden konnte. Sie fühlte nichts Gutes auf sich zukommen. Dabei hatte sie doch gerade eine Odyssee hinter sich gebracht und ersehnte sich nichts mehr, als ihre Kinder aus den Heimen holen zu dürfen.

Nach etwas mehr als einer Stunde verließ Karl mit Zufriedenheit und seiner Tochter Friedericke im Schlepptau das bescheidene Anwesen seines Gastgebers. Er hatte erreicht, was er wollte. Es war ein zähes Gespräch und eine anstrengende Verhandlung gewesen. Aber er konnte hoffen, dass jetzt ein für alle Mal eine klare Linie in Friederickes Leben kam. Er war dem Witwer Gustav Zimmermann dankbar für sein Einverständnis, Karls Tochter mit ihrer Vergangenheit zur Frau zu nehmen und zu versorgen. Damit konnte er beruhigt nach Hause fahren.

Quelle: Buch „1200 Jahre Oberöwisheim"

Bahnhof Oberöwisheim[8]

Als Karl und Friedericke zurück zum Bahnhof Oberöwisheim gingen, konnte Friedericke dem schnellen Schritt ihres Vaters kaum folgen. Sie blickte starr nach unten auf den Weg und war traurig, dass man einfach über ihren Kopf hinweg Entscheidungen getroffen hatte, die ihr ganzes Leben verändern sollten. Sie hatte Angst vor der Zukunft, die sie nach

[8] Die Nebenbahn der Bahnline Menzingen-Ubstadt wurde von privater Seite erbaut. 1896 erhielt Oberöwisheim seinen Bahnanschluss, Bruchsal hingegen kam erst 1898 zustande.

Oberöwisheim führen würde, ohne dass man sie gefragt hatte, ob sie es denn eigentlich auch wollte. Würde sie jetzt einen Mann bekommen, der es gut mit ihr meinte? Und würde sie ihre Kinder wieder zu sich nehmen dürfen?

Gustav Zimmermann war Witwer und schon vierundsechzig Jahre alt, ein alter Mann. Friedericke war mittlerweile neunundzwanzig, erst neunundzwanzig. Aber sie hatte bereits sechs Kinder zur Welt gebracht, von denen zwei schon gestorben waren. Sie konnte sich nicht vorstellen, wie es sein würde, mit einem so alten Mann zusammenzuleben. Sie schüttelte sich bei der Vorstellung. Gleichzeitig wusste sie, dass sie keine andere Wahl hatte. Welcher Mann war schon bereit, sie und ihre Kinder aufzunehmen? Keiner!

Gustav war ein kleiner Mann, bereits ergraut und hatte einen kurzen Haarschnitt mit Seitenscheitel. Er trug einen Schnauzbart, hatte braune Augen und ein vom Wetter gegerbtes Gesicht mit vielen Falten. Sein Blick war hart und bisweilen auch böse, sodass sich Friedericke fragte, ob er wohl auch ein liebevolles Lächeln zeigen konnte. Doch sie war skeptisch.

„Jetzt isch's doch noch gut worre", meinte Karl, während sie auf den Bummelzug warteten. Er war sehr erleichtert. Künftig würde er ein hungriges Menschenkind weniger zu versorgen haben, auch wenn sich Friedericke das Essen durch ihre Mitarbeit schon verdient hatte. Und außerdem würde Friedericke nicht mehr dauernd im Dorf angegafft werden. Karl hatte sogar vor einiger Zeit überlegt, nach Menzingen zu ziehen, weil seine Familie wegen des unehelichen Kindes doch ins Gerede gekommen war. Irgendeine kleine, undichte Stelle hatte es gegeben. Aber etwas Genaues wussten die Dörfler nicht, sondern flüsterten sich nur Halbwahrheiten zu.

„Was isch mit meiner Kinner? Kanne die aus denne Heime hole?", fragte Friedericke.

„Ward's ab, de Gustav sagd scho, was du mache kannsch. Morge bestellt er s'Aufgebot und frogd nach Zeuge für die Hochzeit."

Vier Wochen später zog Friedericke mit zwei Schachteln, die ihre ganzen Habseligkeiten beinhalteten, bei ihrem neuen Ehemann Gustav Johann Peter Zimmermann ein. Die obere Hälfte des Hauses, die Gustav gehörte, hatte drei Schlafstuben und eine Küche. Eine Wohnstube gab es nicht.

Keine vierundzwanzig Stunden später erkannte Friedericke ihr Schicksal.

„Gustav, holsch mei Kinner ausem Heim?", fragte sie.

„Kinner? An mein Tisch kumme die Krippel ned, dass des klar isch!"

Gustav war Feldhirte[9] und Kleinbauer und von morgens bis abends unterwegs. Er duldete kein einziges Widerwort.

Friederickes Enttäuschung war groß, ihr traten die Tränen in die Augen. Trotz aller Niedergeschlagenheit gab sie sich alle Mühe, den Anforderungen ihres Ehemannes gerecht zu werden. Eine leise Hoffnung blieb in ihr, dass er eines Tages doch noch einlenken würde. Aber dem war nicht so. Mit dieser Ehe war sie vom Regen in die Traufe gekommen. Dieser Mann war noch schlimmer als Jakob, obwohl er um so viele Jahre älter war und man hätte denken können, dass seine Kräfte bereits nachgelassen hatten.

Friedericke hätte sich am liebsten auf und davon gemacht. Aber wo hätte sie hingehen sollen? Außerdem wusste

---

[9]Ein Feldhirte wanderte über die Flurstücke der Gemeinde und achtete darauf, dass die angebauten Nahrungsmittel und das Obst auf den Bäumen nicht gestohlen und die Flur-stücke nicht beschädigt oder zertrampelt wurden. Er war bei der Gemeinde als Tagelöhner angestellt.

sie, dass sie dann ihre Kinder erst recht niemals mehr wiedergesehen hätte. Also hielt sie aus und ertrug das Schicksal, das der Herrgott für sie ausgesucht hatte.

Es war fünf Uhr am frühen Morgen im Juni des Jahres 1922. Friederike hatte in der Küche angefeuert und kochte gerade einen Lindes[10]. Sie war hochschwanger und überhaupt nicht erfreut darüber. Fast zwei Jahre lang hatte sie die Hoffnung gehabt, nicht mehr schwanger zu werden, aber ihr sehnlichster Wunsch wurde nicht erfüllt.

Gustav betrat die Küche und setzte sich an den Tisch. Er wartete auf seinen Kaffeebecher, den ihm Friederike sofort hinstellte.

„Mir misse in de Wengert un Uhkraut jäte", meinte Gustav.

Friederike wäre am liebsten zu Hause geblieben. So kurz vor der Niederkunft fühlte sie sich schwerfällig. Und jetzt sollte sie auch noch in den Weinberg! Alleine der Weg dorthin bedeutete einen Marsch von fast einer Stunde, und heute fühlte sie sich überhaupt nicht gut.

„Kanne ned do bleibe? Des dauerd nimme lang mit dem Kind."

„Du bisch ned krank. Solang's noch gehd, wird gschafft."

„I hab doch dehoim ah viel zu schaffe", versuchte sie erneut, das Unvermeidliche abzuwenden.

Gustav war schon auf dem Weg zur Küchentür. Im Vorbeigehen holte er aus und schlug Friederike mitten ins Gesicht. „Schluss jetzt, du machsch, was i sag!"

Durch den Schlag verlor sie das Gleichgewicht und such-

---

[10] *Lindes* ist ein Kaffeeersatz aus Gerste, Roggen, Malz oder den Wurzeln der Zichorie. Man nannte ihn auch *Muckefuck*.

te nach Halt. Da sie neben dem Herd gestanden hatte, griff sie versehentlich auf die heißen Ringe. Sie verbrannte sich die Hand, und es tat höllisch weh. Doch sie konnte noch nicht einmal weinen, sie kannte mittlerweile Gustavs Jähzorn. Dabei hatte sie diesmal noch Glück gehabt, dass es früh am Morgen war und er noch nichts getrunken hatte. Nachmittags wäre alles schon viel schlimmer gewesen.

Etwas später machte sich Friedericke mit schweren Schritten und einer Harke, die sie über die Schulter gelegt hatte, auf den Weg zum Weinberg. Sie war froh, dass ihr diese Zeit blieb, um alleine zu sein, ein wenig Luft zu holen und nachzudenken. Nachzudenken über ihr Leben. Sie hatte gehofft, mit dem Witwer Gustav ein etwas besseres Leben führen zu können, dass seine Triebe nicht mehr die eines jungen Mannes sein würden. Wie sehr hatte sie sich gewünscht, dass er aufgrund seines Alters etwas ruhiger und nicht mehr so bestimmend sein würde! Aber keiner dieser heimlichen Wünsche war in Erfüllung gegangen – ganz im Gegenteil: Er war ein aktiver, bestimmender Tyrann, der in jeder Beziehung seine Macht und Stärke ausspielte. Ein Mann, der sie von früh am Morgen bis spät in die Nacht schuften ließ. Und in der der Nacht benutzte er ihren Körper ganz nach Belieben. Zärtlichkeit war für seinen Geschmack nicht notwendig, sie musste nur zur Verfügung stehen und eine für ihn günstige Körperposition einnehmen. Er war jähzornig, und nicht selten untermauerte er seine Befehle, indem er zuschlug. Friedericke ahnte, dass sie erneut zur Gebärmaschine werden und mit vielen Kindern den Alltag würde bestreiten müssen. Er nahm keine Rücksicht. Und sie sah keinen Weg, wie sie dem entrinnen konnte, und redete sich ein, dass es allen Frauen dieser Bevölkerungsschicht so ging, dass sie nicht alleine war mit diesem Schicksal und es wohl Gottes Wille war.

Inzwischen hatte sie den Weinberg erreicht. Gustav war

schon dort und hatte angefangen, die Reben an den Stock zu binden. Wortlos begann sie, das Unkraut zu harken. Seit Wochen hatte es kaum geregnet, und deshalb war die Erde hart und schwer zu bearbeiten.

„Wo warsch du so lang? Mir misse uns beeile", sagte Gustav ungehalten, ohne sie anzusehen.

„I hab langsam laafe misse so kurz vor der Niederkunft."

„Mach, innere Stund misse mer fertig sei!"

Friederike beeilte sich, zu folgen, aber es fiel ihr sichtlich schwer. Das Ziehen im Bauch wurde immer heftiger, und aus Erfahrung wusste sie, dass die Geburt kurz bevorstand.

„Gustav, ich muss hoim, des Kind kummd."

„Innere halbe Stund simmer fertig. Du wersch's ned glei verliere. Stell de ned so oh!", schrie er. „Notfalls kannsch dort an den Baum geh, die Natur lässt den Grambe scho allein rauskumme."

Friederike liefen die Tränen aus den Augen. Es war sein erstes Kind mit ihr, und er scherte sich nicht einen Pfifferling um sie beide. Jetzt sollte sie auch noch das Kind auf dem Acker zur Welt bringen! Das war kein Mann, das war der Satan persönlich!

Sie merkte, dass es jetzt kein Halten mehr gab. In ihrer Not lief sie tatsächlich zu dem Baum und legte sich instinktiv hin, um dem Kind und sich selbst den Geburtsvorgang zu erleichtern.

Glücklicherweise kannte sie sich aus, und das Kind machte ihr keine Probleme, das Licht der Welt zu erblicken. Sie biss sich auf die Lippen, um nicht schreien zu müssen, wenn die Wehen anrollten, denn sie wollte nicht, dass Gustav ihren Schmerz mitbekam. Innerhalb einer halben Stunde drängte das Kind heraus. Sie legte sich das kleine Bündel zunächst auf den Bauch und sah sich im Liegen um. Dann griff sie zu einer Glasscherbe, die im Sonnenlicht spiegelte, und trennte die Nabelschnur durch. Mit ihrem Schlüpfer rieb sie das Kind ab, wickelte es in ihre Schürze ein und legte es neben sich. Sie reinigte sich, so gut es ging, rückte ihre Kleidung zurecht, vergrub die Nachgeburt und machte sich mit ihrem Kind auf den Weg nach Hause. Tatsächlich hatte sie eine Sekunde lang darüber nachgedacht, ihren kleinen, neugeborenen Sohn unter dem Baum liegenzulassen und den Weinberg fertigzumachen, damit Gustav nichts zu bemängeln hatte. Aber sie konnte und wollte das nicht. Auch in dem Bewusstsein, dass er sie wahrscheinlich dafür verprügeln würde, wollte sie sofort nach Hause. Das Kind musste mit warmem Wasser gewaschen werden, und sie wollte die Hebamme rufen, damit diese nachsah, ob sie alles richtig gemacht hatte.

Unterwegs klopfte sie bei der Hebamme an die Tür und bat sie, mitzukommen. Als diese hörte, was passiert war, schüttelte sie den Kopf. „Sag bloß, du hasch des Kind uffem Acker kriegd? Hat der Mischdkerl dich ned hoimbrocht?"

„Noi", antwortete Friederike. „I hab's sozusage verlore wie e Stück Vieh."

Während die Hebamme das Kind untersuchte und mit warmem Wasser abwusch, suchte Friederike eine Windel und eine Decke, um das Kind einzuwickeln.

Dann legten sie den kleinen Jungen ins große Bett im Schlafzimmer. In diesem Moment öffnete sich die Tür und Gustav trat ein.

„Wer hat dir erlaubd, hoimzugeh?"

Die Hebamme erkannte, was sich da anbahnte. Sie war aber keine Frau, die vor irgendjemandem zurückschreckte, und schon gar nicht vor solch jähzornigen Zeitgenossen, wie Gustav einer war. Deshalb straffte sie die Schultern und bewegte sich blitzartig auf ihn zu.

„Gustav", schrie sie schrill, „des kannsch vergesse, wenn i dabei bin! Dei Fra hat dein Sohn ufder Erdscholle kriegd. Schemsch du de ned?" Sie stemmte ihre dicken Arme auf die ausladenden Hüften und rückte ganz nah an ihn heran. „Mit deim Zorn kannsch bei mir ned lande. Lass die Friedericke in Ruh, die had's schwer gnug."

Gustav drehte sich wortlos um und verließ die Küche.

„Wie soll der Bub denn haiße?", fragte die Hebamme, um die angespannte Situation etwas aufzulockern.

„I waiß ned, i denk, als Erstgeborener haißt der a Gustav."

„Ja, dann mach's gut, Friedericke, und ruh de e bissle aus."

Friedericke nickte nur. Ausruhen war für sie ein Fremdwort.

Nach dem ersten Sohn, der auf die Namen Gustav Johann Peter getauft wurde, kamen in kurzen Abständen von jeweils etwa einem Jahr noch vier weitere Kinder zur Welt, die von ihrem Vater Sofie, Emil, Emilie und Willi genannt wurden.

Mittlerweile schrieb man das Jahr 1933, und Friedericke hatte mit ihren jetzt achtunddreißig Jahren bereits elf Kindern das Leben geschenkt. Kein Wunder, dass sich ihr Körper kaum erholen konnte. Hinzu kamen die schwere Arbeit und ein Mann, der keinerlei Skrupel kannte.

Später erzählten ihre Kinder, wie es am Tisch zuging. Wochentags gab es wenig abwechslungsreiche Kost, und am Sonntag musste Friedericke für einen Braten sorgen. Dabei war es Gustav egal, wie sie das anstellte. Für diesen Sonntag hatte sie einen Hasen geschlachtet. In dem kleinen Stall und im Garten zog sie selbst einige Kleintiere wie Hühner, Hähnchen und Hasen groß, um die Familie ernähren zu können. Alle saßen also erwartungsvoll um den Tisch, das Wasser lief ihnen von dem köstlichen Duft bereits im Mund zusammen.

Gustav schaute auf und blickte in die erwartungsvollen Gesichter seiner Kinder. „Wolld ihr Flaisch?", rief er mit lauter und böse klingender Stimme in die Runde.

Sofie wagte sich als Erste vor und nickte emsig. „Ja, Vater."

Dieser starrte sie an und wartete darauf, ob noch jemand seine Wünsche äußern würde. Als dies nicht geschah, griff er hinter sich. In der Ecke zum Küchenschrank stand ein Stock, den er dann gebrauchte, wenn seine Kinder und seine Frau gezüchtigt werden mussten. Er griff zu und schlug Sofie über den Kopf. Dabei schwollen seine Adern in den Schläfen an, und sein Gesicht wurde krebsrot.

„Raus, alle sofort raus! Nix isch's mit Flaisch! Raus, ihr Bankert, schafft was!", schrie er.

Alle erhoben sich schweigend und verließen mit gesenktem Kopf die Küche. Friederike traute sich nicht, einzugreifen, sie wäre garantiert die Nächste gewesen, und damit hätte sie ihren Kindern auch nicht helfen können.

Ihre Kinder aus erster Ehe durfte Friederike all die Jahre nicht besuchen und natürlich auch nicht zu sich nehmen. Heimlich lief sie die nahezu fünfzehn Kilometer über Feld und Stein, um ihre Kinder in den beiden Heimen sehen zu können. Wehe, Gustav hätte etwas bemerkt, dann wäre sie unerbittlich bestraft worden. Aber es war ihr gleich, sie nahm es in Kauf. Dabei konnte sie von Glück sagen, dass Gustav auf seinen Feldern stets eine Flasche dabei hatte, um sich zu betrinken, wodurch er oftmals die Zeit aus den Augen verlor. So blieb ihr die eine oder andere Tracht Prügel erspart.

Seine Trinkerei ließ Gustav in Bezug auf die Beschaffung von Geld erfinderisch werden. So musste die kleine Sofie die Gänse mehrerer Bauern hüten. Den ganzen Nachmittag war sie mit den Tieren unterwegs und kam abends müde nach Hause. An vernünftige Schularbeiten war nicht zu denken, denn Friederike nahm ihre Mädchen auch noch bei der

Hausarbeit heran. Keiner dachte an Dinge wie Kinderarbeit oder dergleichen. Diese Zeit mit ihren gesellschaftlichen Grundsätzen war für die Armen erbarmungslos.

Am Zahltag passte Gustav regelmäßig Sofie ab und hielt schweigend die Hand auf. „S'Geld her", sagte er nur kurz und knapp.

Mit zugekniffenem Mund griff Sofie in ihre Schürzentasche, nahm ihre paar Münzen heraus und reichte sie dem Vater. Alles für die Katz, dachte sie, alles umsonst.

Ihren Brüdern und ihrer Schwester Emilie erging es jedoch nicht anders. Die Jungen mussten mit der Sense das Korn schneiden, und die Mädchen hatten die Aufgabe, die Schnüre auszulegen, damit es nachher gebündelt werden konnte. Auch im Garten mussten sie alle mithelfen. Die Mutter war stets beschäftigt und hatte keine Zeit für ihre Kinder. Sie konnte sich keine freie Minute erlauben, weil Gustav so hartherzig war. Er lief den ganzen Tag über die Äcker und kommandierte seine Kinder herum, obwohl er mittlerweile bereits achtundsiebzig Jahre alt war.

Friedericke konnte es kaum begreifen, dass es Gustav trotz seines hohen Alters noch so gut ging. Mit einer Ausnahme, denn inzwischen konnte er ihren Körper nicht mehr benutzen. Aber sonst? Er konnte schreien, schlagen und saufen. Und sie selbst war so müde, denn die wirtschaftlichen Schwierigkeiten dieser Zeit und die Arbeitslosigkeit hatten schon wieder Hunger und Not im Gepäck. Jeder spürte, dass sich etwas zusammenbraute. Aber einfache Leute wie Friedericke, die ein Leben lang ums Überleben kämpfen mussten und keine gute Bildung erfahren hatten, machten sich mehr Gedanken um ihren Alltag als um das, was in der Welt vor sich ging. Die Zusammenhänge wurden den Menschen nicht sehr klar, wenn im Haus keine Zeitung gelesen wurde.

1933 kamen die Nationalsozialisten an die Macht, und die fatale Geschichte nahm ihren Lauf. Bis 1939 kümmerte sich Friedericke nicht wirklich um Politik, sie verstand nichts davon und hatte genug damit zu tun, ihre Felder und ihren Garten zu versorgen. Natürlich bemerkte sie, dass da Ungerechtigkeiten geschahen. Dies war in solch einem kleinen Dorf nicht zu übersehen, hatten doch einige plötzlich eine Uniform an und benahmen sich entsprechend, und andere wiederum waren plötzlich nicht mehr da.

Später einmal, als sie ein wenig davon erzählte, spürte man, dass sie wie viele andere gewusst hatte, dass es nicht mit rechten Dingen zuging. Aber sie war so einfach in ihrer Bildung und in ihrem jahrzehntelangen Kampf um den Alltag, ihre Kinder und ihre Männer, dass sie das große Ganze nicht erfassen und es sich kaum vorstellen konnte. Sie tat deshalb das, was viele taten: Sie schwieg und kümmerte sich um ihre Familie. Von ihrem Vater und ihren Männern hatte sie ohnehin nur gelernt, zu schweigen und zu gehorchen. Da hielt sie es mit der Obrigkeit genauso. Einmal aber sagte sie, dass das nicht der richtige Weg gewesen sei, dass ihre erlernte Duldsamkeit sie persönlich daran gehindert habe, ihre Stimme zu erheben.

1939 begann der Zweite Weltkrieg. Im Alter von nur neunundvierzig Jahren musste Friedericke bereits einen zweiten Krieg mit all seinen schlimmen Nebenwirkungen miterleben. Ihre Söhne Gustav und Emil wurden nacheinander eingezogen und der jüngste Sohn Willi zu ihrem Erschrecken in den letzten beiden Kriegsjahren auch. Er war zu diesem Zeitpunkt erst achtzehn Jahre alt. Ihre wöchentlichen Besuche bei ihren älteren Kindern Hans und Hilde, die sie nach wie vor vor Gustav verbergen musste, wurden immer mehr zum Problem. Nicht selten flogen die Bomben, wenn sie zu Fuß unterwegs war, und sie musste sich auf den Äckern und in Gräben hinlegen. Gustav indes war zusehends vom Alkohol gezeichnet, aber immer noch jähzornig und in der Lage, zuzuschlagen, wenn ihm etwas nicht passte. Einer Arbeit ging er nicht mehr nach. Er hatte eine kleine Rente, die jedoch bei weitem nicht ausreichte. Seine Äcker interessierten ihn nicht mehr, und den Rest überließ er Friedericke.

Diese baute alles an, was mit ihren Händen möglich war. Neben dem eigenen Bedarf, den sie einmachte und konservierte, packte sie Obst und Gemüse in einen Korb und trug diesen auf den Schultern zehn Kilometer weit nach Bruchsal, um die Sachen dort zu verkaufen. Auf dem Rückweg wurde sie dann von Gustav abgefangen. Er stand mit seinem Stock vor ihr auf dem Feldweg und hielt die Hand auf.

„Gustav, i hab bloß e bissle Geld. Lass mer des."

Er holte aus und schlug ihr mit dem Stock auf die Schulter. „S'Geld her, du Schlapp!"

„I bin dei Fraa, i bin koi Schlapp."

„Du bisch sogar e Hur. Sei froh, dass ich de gnomme hab mit dem uneheliche Bankert und deine annere fünf Grippel."

Friedericke wusste, wenn sie jetzt noch ein Widerwort gab, würde er seinen Stock so richtig brutal einsetzen. Es würde ihr und den Kindern nicht helfen, wenn sie sich von ihm schlagen ließ. Deshalb griff sie resigniert in die Tasche und holte etwa die Hälfte der Münzen heraus. Gustav hatte bereits etwas getrunken, er stank nach Schnaps, deshalb vergaß er, zu prüfen, ob sie ihm auch wirklich alles gegeben hatte. Dann zog er über die Felder von dannen. So rettete sich Friedericke wenigstens die Hälfte ihrer Einnahmen, und sie schulterte ihren leeren Korb und machte sich auf den Weg zurück ins Dorf.

1943 starb Gustav im Alter von achtundachtzig Jahren. Ähnlich wie schon bei Jakob bedeutete dies für Friedericke und die Kinder eher eine Befreiung als tiefe Trauer. Ihren Söhnen konnte sie nur schreiben, dass der Vater gestorben war, denn sie waren alle an der Front. Die Mädchen waren als Haushaltshilfe in Stellung bei Herrschaften, wie man damals sagte. Sie sollten arbeiten und möglichst viel im Haushalt lernen.

Im Sommer 1944 erhielt Friedericke Besuch, der schlechte Nachrichten im Gepäck hatte: Ihr jüngster Sohn Willi war auf dem Rückzug kurz vor seinem Zuhause ums Leben gekommen. Ein Freund war auf eine Mine getreten und hatte Willi mitgerissen. Ein anderer Kamerad hatte das Unglück miterlebt und überbrachte Friedericke nun die schlimme Botschaft.

Der kleine, liebe Willi. Für Friedericke brach eine Welt zusammen: Sie musste ihren Jüngsten hergeben, einer der wenigen, der seine Mutter respektiert und liebevoll behandelt hatte. Er muss ein ganz feiner Kerl gewesen sein. So erzählten die Geschwister Jahrzehnte später noch.

Friedericke überstand die letzten beiden Kriegsjahre mit Hilfe der Großbauern in der Nachbarschaft, bei denen sie für ein paar Kartoffeln arbeitete, aber den Schmerz um ihren jüngsten Sohn konnte ihr niemand nehmen.

Emil kam aus seinem Einsatz früher zurück, weil er verletzt worden war. Sein Bruder Gustav jun. war in Norwegen und Österreich stationiert. Noch während er in den Schützengräben lag, träumte er von einer Selbständigkeit als Viehhändler, denn er hatte noch vor dem Militärdienst seine Lehre als Metzger beendet. Sein erstes Stück Vieh war eine Kuh, die im Stall stand und von Friedericke versorgt wurde. In der Zwischenzeit hatte er immer seinen Sold nach Hause geschickt und darum gebeten, diesen auf sein Sparbuch einzuzahlen, wo sich schon eine schöne Summe für seinen Traum angesammelt hatte.

Der Krieg nahm ein unbeschreibliches Ausmaß an Ausdehnung und Schrecken an. Die Kreisstadt Bruchsal wurde im März 1945 zu 80 Prozent zerstört. Am 3. April kamen die Franzosen, sie wurden im Juni von den Amerikanern abgelöst. Problematisch war später die Beschaffung von Wohnraum, weil auch noch viele Flüchtlinge aufgenommen werden mussten. [11]

Einige Monate nach Kriegsende flüchtete Gustav jun. aus amerikanischer Gefangenschaft und strandete eines Tages am Bahnhof in Karlsruhe. Voller Hoffnung auf ein neues Leben machte er sich zu Fuß auf den Weg nach Oberöwisheim.

„Gustav, du bisch jo wieder do!", rief Friedericke, als er die Stiege hochkam. Sie wollte ihn umarmen, aber er schob sie weg.

„Wo isch mei Kuh?", fragte er stattdessen mit lauter Stimme und scharfem Blick. In diesem Moment sah er aus wie sein Vater.

„Der Emil hat se verkaaft, weil mer Saat gebrauchd hen, had er gsagd."

„Saat gebrauchd? Mit meim Geld? Des isch mei Geld fer mei Gschäft gwese. Was hat der Loddel mit meim Geld zu schaffe?", schrie er. Der blanke Zorn sprühte aus seinen Augen, und Friedericke hatte Angst, dass er sich ihr gegenüber vergessen könnte.

Gustav stürmte aus dem Haus. Ein paar Stunden später kam er zurück, und da erst konnte ihm seine Mutter erzählen, dass sein Bruder Emil zu seiner zukünftigen Frau nach Odenheim gezogen sei und sich von Gustavs Sparbuch Geld

---

[11] Auszug aus dem Kapitel 4.8 „Der Zusammenbruch und Wiederaufbau" aus dem Buch „1200 Jahre Oberöwisheim"

abgehoben habe. Auch Sofie habe neue Möbel angeschafft. Nun war nicht nur die Kuh weg, sondern auch noch sein Geld. Er ließ sich auf einen Hocker fallen. Seine ganzen Zukunftsträume, die ihn den Krieg überhaupt hatten ertragen lassen, waren mit einem Schlag dahin. Es war ein Traum, der ihm sein ganzes Leben verwehrt bleiben sollte, was er allerdings zu diesem Zeitpunkt noch nicht wusste. Mühevoll begann er anschließend, sich mit Kleintierzucht wieder eine Basis zu schaffen. Auf seinen Bruder war er sehr wütend und gab allen den Rat, dass Emil sich besser nicht mehr sehen lassen sollte. Das wollte dieser zu diesem Zeitpunkt aber auch nicht, er war bei seiner neuen Familie, wenn auch nur ein Dorf weiter.

Sofie arbeitete inzwischen in Rastatt in der Bahnhofswirtschaft als Küchenhilfe. Dort waren die Franzosen stationiert, und Sofie lernte den Soldaten Raymond kennen und lieben. Später nahm er sie als seine Frau mit nach Straßburg. Zuvor hatte es aber noch einen großen Eklat mit ihrem Bruder Gustav gegeben. Ein Eklat, der böse hätte ausgehen können.

Gustav war unterwegs, um sein Leben neu zu ordnen und aufzubauen. Aus seiner Sicht musste er ja auf das von seinen Geschwistern verprasste Geld verzichten, und nun suchte er Arbeit, um so schnell wie möglich wieder zu Geld und einer Zukunft zu kommen.

Das Elternhaus stand etwas zurückversetzt zwischen zwei Häusern und war nur über eine kleine Gasse erreichbar. Als er ins Gässchen einbog, sah er einen Militär-LKW der Franzosen, dessen Plane hochgeklappt war, vor der Treppe zum Eingang stehen. Es wurden Möbel aus dem Haus getragen – Möbel, die er kannte und die, wie er inzwischen wusste, von seinem Geld gekauft worden waren.

Schnell überblickte er die Situation und rannte los. Er konnte das alles nicht fassen. Erst bedienten sie sich an seinem Sparbuch und dann nahmen sie auch noch die Möbel mit, die sie sich von seinem Geld gegönnt hatten. Er sprang auf den LKW, auf dessen Ladefläche eine Maschinenpistole montiert war, drehte diese blitzschnell um und hielt sie auf die Möbelträger.

„Ablade!", schrie er. „Ablade, ihr Schweine!"

Raymond und seine Kameraden erschraken und stellten den Schrank auf dem Hof ab.

Sofie wollte ihn besänftigen. „Ha, Gustav, ich will bloß mei Mebel nach Stroßburg mitnemme!"

„Dei Mebel vo meim Geld? Ablade, sonschd schieße eich iwwer der Haufe!"

Er spannte das Gewehr, und jeder spürte, dass es kein Halten für ihn gab. Friedericke stand oben auf der Treppe und blickte in das vom Zorn gezeichnete Gesicht ihres Sohnes, der in diesem Augenblick wie sein Vater aussah. Sie wusste, er würde alle umbringen, wenn sie nicht nachgaben. Nach einer Weile der Starre brachten sie zähneknirschend die Möbel zurück und stellten sie wieder an ihren angestammten Platz.

Friedericke atmete auf. Sie wusste, wie nahe sie gerade an einer Katastrophe vorbeischrammt waren, und war froh, dass es vorbei war. Zumindest vorläufig, denn Sofie würde bestimmt noch einmal versuchen, sich etwas Aussteuer abzuholen.

Gustav und Emil hatten sehr viel von ihrem Vater mitbekommen, vor allem seine jähzornigen Ausbrüche und Charakterzüge, während Sofie, Emilie und auch der gefallene Willi eher ruhig und umgänglich waren.

Friedericke (rechts) nach dem Kirchgang

Emilie lernte in Bruchsal beim Einkaufen den Österreicher Josef kennen. Alle Zimmermann-Kinder hatten ja nicht gerade eine schöne Kindheit gehabt, und so konnte die Überlegung, mit einem Mann in eine andere Zukunft zu gehen, das Mädchen kaum beängstigen, eher wohl die Tatsache, dass sie Deutsche war.

Josef, der Gemütsmensch, war genau das Gegenteil der Zimmermänner und nahm seine Emilie mit ins südliche Burgenland. Er war Briefträger, der mit dem Fahrrad täglich lange Touren zu den entlegenen Höfen machen musste. Sie lebten auch nicht gerade komfortabel in einem kleinen, alten Haus in einem winzigen Dorf. Es war genauso ärmlich wie bei Emilie zu Hause, nur ging es etwas gelassener zu, nicht so derb, und es wurde nicht so viel geschlagen. Doch auch Josef nippte gerne an der Schnapsflasche. Mit seiner Arbeit und dem Alkohol war er ausgelastet, und so musste Emilie, die nacheinander zwei Söhne, Hans und Edelbert, auf die Welt brachte, den beinahe gleichen täglichen Kampf wie Friedericke viele Jahre zuvor führen, um das Leben für die Familie zu organisieren und die Teller zu füllen.

Und auch hier im tiefsten Österreich, fast an der Grenze zu Ungarn, konnte man Friedericke, die sich vehement um ihre Kinder kümmerte, antreffen. Wie beschwerlich es auch sein mochte, sie setzte sich alle zwei Jahre in den Zug und nahm die lange und mühevolle Reise auf sich, um ihrer Tochter Emilie beizustehen. Eine Fahrkarte zusammenzusparen, war für sie eine große Energieleistung, aber es gelang ihr. Sie tat dies vor allem in der Zeit, als Emilies Söhne noch sehr klein waren. Und nach ihrer Reise erzählte sie oft, was sie alles erlebt hatte.

Eines Tages kam Josef von seiner Tour zurück und schob sein Fahrrad in den Hof. Seine Schritte verrieten, dass er doch ein paar Schnäpschen bekommen haben musste, als er auf den Höfen die Post abgeliefert hatte.

„Du Loddel!", rief Friedericke, die gerade die beiden Jungen versorgte. „Hasch scho widder Schnaps gsotte? Dei Fra steht uffem Acker und schafft alloi! Schemsch du de ned?"

„Ich gehe gleich hin, ich habe nichts getrunken."

Friederickes Augen stachen hervor. „Du Lügebeutel, du waggelsch doch!"

Josef ließ sich auf einen Küchenstuhl fallen.

Friedericke aber stellte sich vor ihm auf. „Dei Dach isch undichd, es regnet nei. Mir misse scho en Oimer histellen. Wie lang soll des noch geh, bis was machsch? Ich muss bald wieder hoim. Die annere brauche me a."

Friedericke schüttelte den Kopf. In ihren Augen war

Josef ein Hempfling[12], der schon beim geringsten Windhauch umgeblasen wurde.

Josef nickte seiner Schwiegermutter nur zu, denn er war so müde. Die Strampelei mit der Post über Stock und Stein war anstrengend, und außerdem hatte er ohnehin nur die Hälfte ihres Dialekts verstanden. Er würde seine Arbeit schon noch machen. Hoffentlich ging sie bald zurück nach Deutschland. In seinen Augen war Friedericke ein Hausdrachen erster Güte. Wo die Frau immer ihre Energie hernahm, verstand er nicht.

Friedericke blieb ganze zwei Monate, bevor sie sich wieder auf den Heimweg machte. Die beiden Söhne Edelbert und Hans lebten vorwiegend nach dem Vorbild ihres Vaters. Josef verstarb sehr früh, und Emilie musste sich mit ihren beiden Söhnen in dem kleinen Dorf alleine durchbringen. Ein paar Monate im Jahr arbeitete sie in einer Gurkenfabrik, und sonst wurde von dem gelebt, was selbst angebaut werden konnte. Sie war bis tief in die Nacht beschäftigt. Dementsprechend verlief das Leben der beiden Jungen nicht so erfolgreich, und Friedericke sollte noch öfter Grund haben, ihren Enkeln den Spiegel vorzuhalten. Alles in allem machten Hans und Edelbert ihrer Mutter mehr Sorgen, als ihr lieb war. Emilie dagegen war eine waschechte Zimmermann, sie arbeitete bis ins hohe Alter den Sommer über in einem Hotel als Zimmermädchen, um das karge Einkommen zu erhöhen. Alle paar Jahre besuchte sie ihre Mutter und ihre Geschwister Sofie und Gustav in Deutschland.

---

[12] Ein *Hempfling* ist ein magerer, unterentwickelter Mensch.

Sofie lebte in Straßburg. Dort hatten sie direkt an der Grenze am Rhein eine Dreizimmerwohnung im fünften Stock ohne Fahrstuhl. Auch hier kam die Familienplanung sehr schnell in Gang. Drei Söhne wurden geboren: Jean-Pierre, René und Claude. Sofies Ehemann Raymond war als Tankzugfahrer bei einer Ölfirma angestellt und belieferte die Tankstellen des Unternehmens. Er sorgte gut für seine Familie, und wie es in Frankreich so üblich war, wurde großen Wert auf das Essen gelegt. Es wurde gut gekocht, und ein guter Tropfen Wein durfte am Mittagstisch nicht fehlen.

Auch Sofie unterstützte ihren Mann, indem sie mit einem Velosolex[13] heimlich[14] zu verschiedenen Putzstellen bei reichen Leuten wie zum Beispiel Juwelieren fuhr. Sie war so fleißig, dass sie mit guten Kleidern, Geschirr und manchmal auch einem kleinen Schmuckstück zusätzlich entlohnt wurde. Ganz stolz war sie auf diese Belohnungen und auf das Lob, das sie für ihre Arbeit erfuhr, was ganz sicher ein neues und gutes Gefühl für sie war. So etwas kannte sie ja nicht, und ich kann mich erinnern, dass sie mir das eine oder andere Stück gab oder für mich reservierte. Auch tat sie alles dafür, dass ihre Söhne eine gute Ausbildung bekamen. So hat die Schufterei viele Früchte getragen, denn die Drei haben tolle und gut dotierte Berufe ergriffen – die Ersten aus dem Zimmermann-Clan, die von den Eltern zur Bildung animiert wurden.

Nach und nach nahm Sofie die elsässische Mundart an und wurde langsam in ihrem Denken und ihrer Lebensart zur Französin. Damals war zum Beispiel Charles de Gaulle

---

[13] Ein *Velosolex* ist ein Fahrrad mit einem Hilfsmotor und war zu der Zeit in Frankreich ein beliebtes Fortbewegungsmittel.

[14] Warum sie dies nicht offiziell tun konnte, ist mir nicht mehr präsent.

der Regierungschef und bei uns in Deutschland nicht so beliebt. Doch Sofie sagte immer: „Der Mann hed mer nix getan, lass en nummer, der waiß des scho, was er macht."

Eines aber habe ich bis heute nicht verstanden: Sofie hat sich nie angestrengt, die französische Sprache anzunehmen. Zwar verstand sie vieles und nahm auch ein paar Worte in den Alltag auf, aber wenn sie nichts verstand oder nicht weiterwusste, mussten ihre Männer helfen. Dies begann schon bei einem Beipackzettel für ein Medikament. Auch einen behördlichen Brief oder eine Nachricht der Bank musste sie ihrer Familie überlassen. Allerdings störte sie sich nicht daran.

Auch hier war Friedericke mit ihren Besuchen zugange, wie hätte es auch anders sein sollen. Aber bei dieser Familie musste sie nicht so viel eingreifen, und sie konnte es auch gar nicht. Also hielt sie sich nie sehr lange in Straßburg auf.

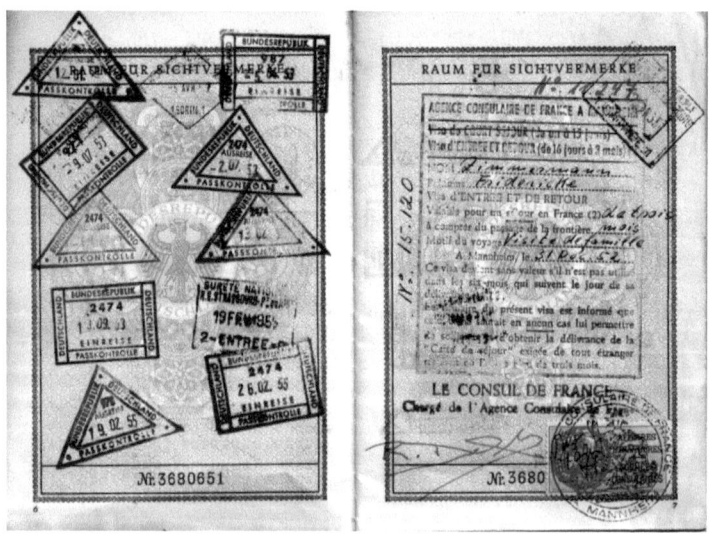

Auszug aus Friederickes Reisepass

Emil zog es ein Dorf weiter nach Odenheim. Dort hatte die Familie seiner Frau ein kleines Häuschen. Auch er bekam einen Sohn. Sie teilten sich das Häuschen mit Emils Schwiegermutter, sodass auch hier auf kleinem Raum mehrere Generationen unter einem Dach lebten.

Von Beruf war Emil Maurer und daher stets auf den Baustellen unterwegs. Charakterlich war er, wie wir ja wissen, ein Abkömmling von Gustav, und daher hatte seine Frau auch nicht gerade viel zu lachen. Es setzte manche Tracht Prügel und heftiges Gebrüll, und sie klagte Friedericke des Öfteren ihr Leid. Doch hier konnte sie nicht unbedingt Trost finden, hatte Friedericke doch selbst zwei Männer gehabt, die ihren Jähzorn an ihr ausgelassen hatten. Seinen Sohn Georg verwöhnte Emil hingegen. Und dieser kam im Wesen und im Umgang mit seiner Mutter ganz nach seinem Vater.

Wegen der Funkstille, die ja zwischen den Brüdern herrschte, haben wir dies in aller Ausführlichkeit erst sehr viel später erfahren. Wir wussten nur, dass Emil das Häuschen seiner Schwiegermutter umgebaut hatte. Wie aber sein Leben und das seiner Familie aussah, wussten wir zu diesem frühen Zeitpunkt nicht.

Wie wir ja schon gehört haben, war Emils Kontakt zu seinen Geschwistern Gustav, Sofie und Emilie nicht sehr gut, und zwischen den beiden Brüdern knisterte es mächtig, sodass der kleinste Funke das Feuer entfachen konnte. Und so dauerte es auch nur kurz, bis es richtig knallte.

Gustav wollte nämlich das Haus überschrieben bekommen, weil er dort mit seiner Familie einziehen und etwas daraus machen wollte. Doch Emil war dagegen, und so kam es zum Gefecht zwischen den beiden.

„Du willsch der des Haus unner der Nagel reiße!", schrie Emil mit hochrotem Kopf.

Gustav stand lässig an der Treppe des Hauses und Friedericke wie immer oben vor der Haustür. Sie ahnte Fürchterliches.

„I reiß mer nix unner de Nagel", schrie Gustav zurück. „I zahl eich aus. Oiner muss sich ums Haus kümmern."

„Un des bisch ausgrechend du?", keifte Emil.

„Des bin i!", antwortete Gustav gelassen. „Mutter hat unnerschriewe, un sie hat bei mir lebenslang Wohnrecht. D'Sofie un d'Emilie sin eiverschdanne!"

„Un mi musch ned frooge?" Emil ballte die Fäuste. „Wieso froogsch mi ned?"

„Dich Arschloch frog i ned, du hasch mei Sparbuch leer gmachd."

„D'Sofie hat ah was ghold!"

Gustav antwortete nicht. Zu seiner Schwester Sofie hatte er einen guten Kontakt. Sie brachte immer Wein und Schokolade und andere gute Sachen mit, wenn sie zu Besuch kam. Doch Emil war zu dieser Zeit ein rotes Tuch für ihn. Beide waren ja perfekt in ihrem Zorn. So eskalierte der Krach wegen des Hauses, und beide schlugen aufeinander ein. Gustav traf Emil am Kopf, und dieser fiel bewusstlos zu Boden.

Friedericke rannte die Treppe hinunter zum Brunnen. Schnell pumpte sie etwas Wasser in eine Schüssel, die gerade da stand, und brachte es zu Emil, der am Boden lag. Gustav nahm ihr die Schüssel ab und kippte das Wasser in das Gesicht seines Bruders, der langsam wieder zu sich kam und seinen Brummschädel festhielt.

„Mach, dass'd verschwindsch", sagte Gustav. „Un lass de nemme seh, du Schlawiner. Des Geld vum Haus, des schicke der mit der Poschd."

Emil erhob sich langsam und blickte zu seiner Mutter. „Dass du des gmachd hasch, des hed i ned denkd. Der Vater had scho recht ghabd, du bisch e Schlapp." Dann drehte er sich um und ging.

In späteren Jahren versuchte Friedericke ab und zu, wieder Kontakt zu Emil aufzunehmen, was ihr aber nicht gelang. Lediglich Sofie besuchte ihn manchmal, wenn sie in Deutschland war. Erst einige Jahrzehnte später kamen die Brüder wieder ins Gespräch.

Die Mutter aber musste warten, bis sie auf dem Sterbebett lag.

Gustav blieb im Elternhaus, und in der Zeit des wirtschaftlichen Wiederaufbaus begann er, bei etwas weiter entfernten Metzgern zu arbeiten. Daneben war er Feierabendbauer und bestellte den Weinberg des Vaters und ein paar Äcker mit Korn und Kartoffeln. Um sich vom Nachbarn das Pferdefuhrwerk zum Umpflügen und Transportieren ausleihen zu können, musste er bei diesem zur Erntezeit als Knecht mitarbeiten. Auch dies war immer noch so, wie es viele Jahrzehnte zuvor bei seinem Großvater gewesen war. Als Metzger hatte er außerdem das Glück, für die damals üblichen Hausschlachtungen gebucht zu werden. Er hatte einen Kalender an der Küchentür hängen, der von Oktober bis März voll mit Terminen war. Inzwischen hatte er sich im ganzen Dorf einen guten Ruf erarbeitet, und viele waren von seiner Wurst, der ein guter Geschmack attestiert wurde, hellauf begeistert. So war er samstags und sonntags voll im Einsatz. Jede Schlachtung war eine schwere Arbeit über viele Stunden und brachte ein paar Mark ein, die dringend gebraucht wurden. Gustav war wie alle anderen auch ein echter Zimmermann und unermüdlich auf verschiedenen Arbeitsplätzen unterwegs.

Er erzählte später oft, bei welchen Fleischern im Land er gearbeitet hat. Zu dieser Zeit lebte er die Woche über bei seinen Arbeitgebern in einem kleinen Zimmer und zeigte sich nur am Wochenende im Dorf. Er war sehr ehrgeizig und versuchte immer noch, an seinem Traum zu arbeiten.

Ich habe diese Gemeinsamkeiten in den Einstellungen

und Haltungen im direkten Zusammenleben mit ihm nicht wahrgenommen. Erst beim Schreiben erkenne ich die identischen Eigenschaften bei den Mitgliedern der Familie Zimmermann.

Am Kirchweihsonntag 1948 lernte Gustav auf einer Tanzveranstaltung die junge Emma kennen. Er verliebte sich sofort in sie, und es entwickelte sich langsam eine Beziehung zwischen den beiden.

Gustavs Freundin und spätere Frau Emma

Gustav und Emma wohnten eigentlich nicht weit entfernt voneinander, und trotzdem wurde es zunächst eine Wochenendbeziehung. Während er noch im Württembergischen arbeitete, hatte sie mittlerweile eine Anstellung bei Siemens in Bruchsal gefunden und verdiente bereits das Geld für ihren Lebensunterhalt. Dies war für die Frauen das erste sichtbare Zeichen einer Veränderung, auch wenn die Männer sehr dominant und bestimmend waren und es noch lange üblich war, den Ehemann um Erlaubnis zu fragen, wenn man arbeiten gehen wollte. Gustav störte es nicht, dass seine Freundin einer Arbeit nachging. Alles, was Geld brachte, war richtig und gut.

Ich kann mich nicht daran erinnern, dass meine Mutter auch nur eine einzige Berufspause gemacht hat. Sie war niemals eine Vollzeithausfrau, sondern hatte immer eine Ganztagesstelle und dann noch den Haushalt und die kleine Landwirtschaft.

Neben der vielen Arbeit, die uns heute dazu bewegen würde, am Wochenende das Sofa als das einzig Erstrebenswerte anzusehen, zogen die jungen Leute damals mit Vergnügen los, um im nächsten Gaststättensaal das Tanzbein zu schwingen. Die erste Adresse, die sogar ich kenne, war das Gasthaus zum Schwanen. Es hatte einen großen Saal, in dem allerhand los war. Außerdem gab es häufig einen Besuch im Lamm und ganz oft sogar im Löwen, in dem sich auch ein Saal befand, der zeitweise als Theaterbühne und später als Kino genutzt wurde.

Es gab eigentlich alles – oder fast alles, was die Bevölkerung brauchte. Heute ist es unvorstellbar, solch aufwändige Strukturen auch in kleinen Dörfern zu haben. Schade, dass dies nicht mehr gegeben ist.

Friederickes Leben kam in dieser Zeit in ein etwas ruhigeres Fahrwasser. Doch nur ein wenig, sonst wäre es ja nicht typisch Friedericke gewesen.

Immer noch fuhr sie mit der Bahn, die im Volksmund

Entenköpfer genannt wurde, zu ihren Kindern Hans und Hilda aus erster Ehe und versorgte sie. Diese brauchten nach wie vor ihre Hilfe, und wie schon seit vielen Jahren kämpfte sie mit Sicherheit immer noch mit ihrem schlechten Gewissen, nicht genug für ihre Kinder getan zu haben. Es sah so aus, als würde sie diesen ständigen Unruheherd in ihrem Inneren für ihr ganzes Leben lang beibehalten.

Nach außen hin arbeitete sie unermüdlich. Sie sorgte sich um das Haus und den großen Garten, sie fütterte Hühner, Enten und Schweine, arbeitete als Erntehilfe in der Nachbarschaft, backte Brot und kochte ein. Außerdem wusch sie die Wäsche, was auch eine große Herausforderung war und einen ganzen Tag dauerte. Natürlich half sie auch ihrem Sohn Gustav auf den Feldern, und damit hatte sich die Familie ihren kleinen Platz geschaffen. Es war zwar nicht so viel Geld da, aber der Hunger war nicht mehr zu spüren. Fleisch und Schinken, Wurst und Speck, das eigene Sauerkraut, die große Mehlkiste auf dem Speicher, die Kleintiere, Eier und Marmelade – alles wurde selbst erzeugt und bevorratet. Im Vergleich zu den Menschen in der Stadt war das schon das Schlaraffenland auf Erden – und das nur wenige Jahre nach Kriegsende.

Eigentlich hatten sie gemeinsam das erreicht, was sie sich so lange gewünscht hatten. Ein Zuhause ohne Schläge, ohne Hunger und ohne Angst. Es wäre jetzt an der Zeit gewesen, zufrieden und in gewisser Weise auch dankbar zu sein.

Doch wie das Leben so ist, es kommt immer wieder etwas dazwischen. Friedericke musste sich nun mit Gustavs Frau Emma, die mit ins Haus gekommen war, auseinandersetzen. Jahrzehntelang hatte sie die Last der Demütigung zweier Männer auf ihren Schultern tragen müssen, und hätte sie das alles nicht in sich verschlossen, wäre sie vielleicht daran zerbrochen. So aber hatte sie sich einen Panzer um ihre Seele zugelegt, der ihr in dieser neuen Zeit jedoch plötzlich im Wege stand und das Zusammenleben mit der neu zusammengesetzten Familie erschwerte. Abgesehen davon, dass sie Gefühle nicht ausdrücken und auch nicht zeigen konnte. Wie auch?

Sie mischte sich also unbemerkt und aus Gewohnheit in das Leben der anderen ein und bestimmte alles um sich herum, weil sie glaubte, dass es so sein musste. Dabei bemerkte sie gar nicht, dass eine andere Frau das Kommando im Haushalt übernehmen sollte oder wollte.

Umgekehrt nahmen ihre Kinder sie nicht als das wahr, was sie eigentlich ausmachte: eine Frau, die sich unentwegt für alle einsetzte, die arbeitete und arbeitete und mithalf, wo immer sie gebraucht wurde. Eine Frau, die die anderen nie alleine ließ und sich nie beklagte, dass ihr etwas zu viel war. Eine Frau, die sich einfach jedem Tag stellte und ihren Teil zum Aufstieg beitrug. Und sie erkannten nicht die große Unterstützung, die ihnen durch Friedericke zuteil wurde. Sie konnten ihrem Beruf und ihrer Arbeit nachgehen, konnten also ganz nach Ludwig Erhard Doppelverdiener sein, denn sie hatten ja Oma Friedericke, die sich um den Rest kümmerte. Man darf nicht vergessen, dass ja immer noch die Nebenerwerbslandwirtschaft und zwei Gemüsegärten eine Menge Arbeit verursachten. Daher nahm Friedericke ihren arbeitenden Familienmitgliedern so viel ab, wie sie nur konnte. Sie aber fühlten sich jedoch eher von ihr bevormundet und dazu angetrieben, abends und am Wochenende zu arbeiten. In ihrem Alltag gingen sie nicht gerade zimperlich miteinander um. Der Respekt zwischen Alt und Jung, der eigentlich damals sehr ausgeprägt war, kam hier nicht so richtig zum Tragen, zumindest nicht in allen Bereichen. Wie denn auch, durch ihre Vorbilder waren sie anderes gewohnt.

Einige grundlegende Werteregeln waren trotz der Besserung des Lebensstandards doch noch nicht alltagskonform, zumindest nicht nach unseren heutigen Maßstäben. So zum Beispiel die Strenge der Zeit, der Befehlston der Männer, der Unterschied zwischen den Geschlechtern und die prüden Vorgaben der Gesellschaft.

Und so erkannten sie alle Friederickes wahre innere Werte nicht, weil sie alle in der täglichen Tretmühle so mit sich selbst beschäftigt waren, dass sie ihnen eher als lästig, aufdringlich und nervig erschien. Sie aber brachte sich bis zur Selbstaufgabe ein. Zwar ließ sie nicht alles mit sich machen, aber sie hatte eine gute Lebensübung darin, etwas zu verdrängen, hinunterzuschlucken und über etwas hinwegzusehen.

Aber wie mochte es tief in ihr drin ausgesehen haben? Das muss ihr eigentlich sehr wehgetan haben, glaube ich.

Obwohl ihr das ja schon immer so erging. Zu keinem Zeitpunkt hatte sie jemanden um sich gehabt, der ihr seine Liebe zeigte, sie tröstete, sie liebevoll umarmte.

Und trotzdem kann die Gewohnheit nicht darüber hinwegtäuschen, dass der Mensch Liebe, Zuneigung und Wertschätzung braucht.

Ich würde sie gerne heute ganz speziell danach fragen, befürchte aber, dass sie ihr Herz nicht öffnen würde. Die war ein Meister des Schweigens.

Elisabeth
(Jahrgang 1900)

E lisabeth, meine Großmutter mütterlicherseits, wurde in
Oberöwisheim geboren und verbrachte auch ihr ganzes Leben dort. Ihr Elternhaus lag in der Bachstraße. Die
Kraich, ein kleiner Bach, floss mitten durch die Gemeinde,
und man musste die Straße über einen Steg überqueren, um
zu dem Haus zu gelangen, in dem die kleine Familie in Emils
Elternhaus lebte.
Elisabeths Vater war Wagner[15], und seine Werkstatt war
direkt an sein kleines Häuschen angeschlossen.

Quelle: Buch „1200 Jahre Oberöwisheim"

Bachstraße in Oberöwisheim

---

[15] Die alte Berufsbezeichnung *Wagner* steht für die Herstellung von Wagenrä-
dern aus Holz oder auch für einen Wagenmacher. Ein Wagner stellte auch
andere Handwerksgeräte aus Holz her.

Den ganzen Tag ging es dort zu wie in einem Taubenschlag, denn die Kunden hatten viele Wünsche, damit sie ihr Feld und ihre Gärten bestellen und bearbeiten konnten. Das Leben war hart und schwer, und das Handwerk des Wagners erforderte Emils ganzen Einsatz.

Emil war fünfunddreißig Jahre alt, und gerade jetzt zur Erntezeit hatte er alle Hände voll zu tun. Da brachen die Wagenräder unter der Last des Getreides, brach der Rechen auseinander, war der Handwagen an der Deichsel beschädigt, rutschte das Messer aus der Sense und das Beil aus seinem Griff.

Und dann stand da auch noch eine Geburt ins Haus. Emil war aufgeregt, denn seine Frau Magdalena wartete stündlich auf die Niederkunft. Kaum hatte er sich in seine Gedanken verstrickt, hörte er Magdalenas Stimme, die ihn aufforderte, nach der Hebamme zu laufen.

Emil warf seine Säge hin und rannte los. Zuvor wies er noch seine Mutter, die gerade aus dem Garten kam, an, heißes Wasser und ausreichend Tücher herzurichten.

Es war ein heißer Sommertag im Juli des Jahres 1900, als Elisabeth das Licht der Welt erblickte.

„Mei Medle isch do", sagte Emil nach nur einer Stunde. Es war eine schnelle Geburt ohne Komplikationen.

„Elisabeth, des isch en scheener Name", meinte Magdalena, die das Neugeborene im Arm hielt.

„Ja, i muss in d'Werkstatt. I gugg dann nomol nach eich."

Magdalena nickte. Sie wusste, dass viel Arbeit da war, und sie überlegte bereits, was sie als Nächstes tun sollte. Es war nicht möglich, lange liegenzubleiben. Auch sie musste wieder ihrer Arbeit nachgehen. Im Sommer wurde im Garten und auf den Äckern jede Hand gebraucht. Am nächsten Tag stand Magdalena bereits wieder in der Küche.

Die kleine Elisabeth wuchs mit ihrem zwei Jahre älteren Bruder Oskar auf. Auch die beiden wurden von frühester

Kindheit an in die tägliche Arbeit eingebunden. Bereits mit fünf Jahren half Elisabeth der Mutter im Haushalt, und Oskar musste seinem Vater in der Werkstatt zur Hand gehen.

„Elisabeth, deck der Disch", befahl Magdalena.

Ohne zu murren schob das kleine Mädchen einen Stuhl zu dem Holzregal an der Wand, in dem sich die Teller befanden. Es war gar nicht so einfach, mit den kleinen Fingern die großen Teller herauszuholen und damit wieder vom Stuhl herabzusteigen. Ein Glück nur, dass die Teller aus Blech waren, so passierte nichts, wenn sie einmal herunterfielen.

Magdalena stellte den großen Topf in die Mitte des Tisches und legte eine Kelle daneben. Heute gab es Grünkernsuppe und einen Kanten Brot.

„Geh in d'Werkstatt und hol de Papa und der Oskar. S'gibt Mittagesse."

Elisabeth rannte durch die Tür, um dem Vater und dem Bruder Bescheid zu sagen.

Mit sechs Jahren wurde Elisabeth eingeschult. Sie durfte die Schule durchgehend besuchen und hatte das Glück, als Kind nicht zu Bauern geschickt zu werden. Ihr Vater Emil schaffte es, als Wagner seine kleine Familie zu ernähren.

Mit vierzehn musste Elisabeth allerdings ihr Zuhause verlassen und für zwei Jahre bei einer Herrschaft in Unteröwisheim dienen. Es war eine Fabrikantenfamilie, die ein großes Haus hatte – wohl eher eine Villa als ein Haus. Über die Freitreppe von zehn Stufen gelangte man in die große Kaminhalle mit mehreren Sitzgruppen und von dort in die Bibliothek, in das Arbeitszimmer des Hausherrn Martin Oberst. Daneben gab es noch einen Salon und ein Speisezimmer. Die Schlafräume und die Bäder erreichte man über die geschwungene Holztreppe, und die Küche lag auf der halben Treppe nach unten in Richtung Keller. Der Gesindetrakt war auch über den Dienstboten- und Lieferanteneingang zu erreichen.

Für Elisabeth war das eine ganz neue Welt. Sie war als Zimmermädchen und Küchenhilfe eingeteilt und war froh, dass die Köchin nicht gerade zu den Drachen gehörte, von denen man in den Erzählungen anderer Dienstmädchen bisweilen hörte. Elisabeth konnte sich leicht integrieren, denn sie war zu Hause nicht sehr verwöhnt worden und war es gewohnt, viel zu arbeiten.

Der Alltag wurde zusehends schwerer, denn der Erste Weltkrieg war ausgebrochen. Die Familie Oberst hatte eine Zigarrenfabrik mit fünfundzwanzig Mitarbeitern und war sehr angesehen. Entsprechend fanden in ihrem Hause viele gesellschaftliche Einladungen statt, die jedoch nach und nach durch die Kriegsgeschehnisse versiegten.

Gelegentlich besuchte Elisabeth am Wochenende die Eltern, jedoch traute sie sich nicht oft den Marsch durch die Felder zu, weil sie Angst hatte, auf Soldaten zu treffen.

Trotzdem schaffte sie es, von 1914 bis 1916 ihre zwei Jahre im Dienst abzuleisten, auch wenn sich später bei ihrer Herrschaft mehr Offiziere als Geschäftsleute die Klinke in die Hand gaben, was für ein junges Mädchen wie Elisabeth nicht ungefährlich war.

Elisabeth kam also nach zwei Jahren zurück in den Schoß der Familie und fügte sich wieder in die Arbeit ein. Es war natürlich eine große Umstellung, von dem feudalen Haus und dem dort herrschenden Luxus wieder in die Einfachheit, gar Armut der Familie zurückzukehren. Obwohl Elisabeth zum Gesinde gehört hatte, wurde sie anständig behandelt, bekam reichlich und abwechslungsreich zu essen und hatte eine saubere Kammer. Das Geschirr war aus Steingut und nicht aus Blech, und das Essen schmeckte daraus gleich viel besser. Die viele Arbeit störte sie nicht. Es ging ihr ja gut dabei.

Und nun stand wieder der blecherne Teller vor ihr.

Magdalena sah, dass ihre Tochter das Gesicht verzog.

„Was isch? Schmeckt's ned?", fragte sie befremdet.

„Doch, s'schmeckt."

„Mir hen koi Porzellan, mir sin oifache Leud."

„I waiß", antwortete Elisabeth. „I hab jo nix gsagd."

„Awwer dengt", mischte sich nun Emil ein. Auch er hatte gesehen, dass seine Tochter im Essen herumstocherte.

Die Mutter sagte nichts mehr, sie wusste, dass sich Elisabeth schnell wieder eingewöhnen würde. Sie hatten so viel zu tun, dass sie gar nicht die Zeit haben würde, nachzudenken.

Elisabeth war folgsam und half, wo sie nur konnte. Gerade jetzt zur Zeit des Krieges war das nicht ungefährlich. Junge Mädchen alleine auf einem Acker – das ging nicht. Von dem Kanonendonner ganz zu schweigen. Die Angst um das Leben war an der Tagesordnung, und sie war ein stetiger Begleiter auf jedem Schritt des Alltags.

Alle atmeten auf, als der Krieg 1918 zu Ende war, doch die Hungersnot war groß. Nur ganz langsam kam wieder das Leben ins Dorf zurück. Elisabeth war zarte achtzehn Jahre alt und musste nun bei einem Großbauern als Magd arbeiten. Die Wagnerei lief nur spärlich wieder an.

Sie kam in Unteröwisheim zum Großbauern Kunz und arbeitete dort immer den Sommer über. Obwohl es nur zwei Kilometer zu Fuß bis nach Hause waren, zog sie es doch vor, in der Gesindestube zu übernachten. Es wäre ihr unheimlich gewesen, in der Dunkelheit über die Felder zu laufen, um pünktlich um fünf Uhr in der Früh zum Melken wieder zurück auf dem Hof zu sein.

Die Bauersfamilie mochte Elisabeth sehr. Natürlich

musste sie schuften und wurde gelegentlich auch einmal angebrüllt. Aber grundsätzlich ging es ihr gut, und die Knechte ließen sie in Ruhe.

Es waren ohnehin nicht allzu viele Männer da, denn einige waren gefallen, verschollen oder befanden sich noch irgendwo in Gefangenschaft. Die meiste Arbeit blieb in dieser Zeit an den Frauen hängen.

Auch der Großbauer hatte viel Pech. Er hatte zwei Söhne verloren, und nun musste er auf seine alten Tage selbst den Hof führen, was er eigentlich gar nicht mehr wollte. Seine Frau war ihm auch keine große Stütze mehr. Ihre Trauer um ihre Söhne fraß sie auf.

Über Elisabeths Kindheit habe ich merkwürdigerweise nur sehr wenig erfahren. Keine Anekdoten über die Kinderzeit, die Jugend oder gar die Zeit ihrer ersten Liebe. Nichts über Freundinnen oder sonstige Begebenheiten im Alltag einer jungen Frau. Sie selbst war sehr zurückhaltend und hat angenehme und natürlich auch unangenehme Dinge aus ihrem jugendlichen Leben nie ausgesprochen. Ich weiß, dass sich Elisabeth gut mit ihrem Bruder Oskar, der später im Elternhaus blieb und mit seiner Familie dort lebte, verstanden hat. Und auch andere Familienmitglieder die ich kenne gingen bei ihr ein und aus, sodass mir Konflikte aus ihrer Jugendzeit auch vom Hörensagen völlig fremd sind. Und wenn es welche gab, dann hat sie nichts darüber erzählt, was wohl in dieser Zeit in der Gesellschaft an der Tagesordnung war.

Mir kommt tatsächlich nichts Gravierendes in den Sinn, was in dieser Familie für ihr Leben eine Rolle spielte, oder gar das Schicksal beeinflusst hätte.

Quelle: Buch „Kraichtal und seine Stadtteile", ISBN 3-924932-63-8

Die Wagnerfamilie

Die Familie dieser Linie ist mir nur mit wenigen Personen in Erinnerung geblieben. Leider sind mir auch von denen, die ich kenne, nicht mehr alle verwandtschaftlichen Verbindungen zur Wagnerfamilie geläufig.

Hier muss ich mich mit ebenso wenig zufriedengeben und habe kaum Möglichkeiten, an einem mir bekannten Faden, der in der historischen Einordnung die Basis für Elisabeths Geschichte sein kann, entlangzugehen. Es ist mir daher nicht gegönnt, sie nahe an der Wahrheit in ihre Zeit hinein zu begleiten und einen zwar fantasiereichen, aber vollständigen Blick auf ihr Leben zu werfen.

Ich weiß wie gesagt kaum etwas über Elisabeths Kindheit und Jugendzeit. Sicher ist, dass sie viel gearbeitet hat und auch dazu erzogen wurde. Ähnlich wie Friedericke hat sie die Bereitschaft, überall mit anzupacken, von Kindesbeinen an gelernt.

Dieses extreme Leben allerdings, wie Friedericke es hatte, schien Elisabeth in ihren Kinder- und Jugendtagen erspart geblieben zu sein. Sicher hat aber das Leben auch für Elisabeth große Aufgaben bereitgehalten, denn sie lebte im gleichen Jahrhundert wie Friedericke, und daher hatte wohl auch sie ihren Rucksack des Lebens zu tragen.

Wie Elisabeth ihren Ehemann Friedrich, auch Fritz genannt, kennengelernt hat, kann ich nicht detailliert erzählen. Ich gehe deshalb davon aus, dass sie ihn beim Großbauern, bei dem sie arbeitete, kennenlernte. Denn Fritz hatte ebenfalls eine Anstellung bei dem Bauern gefunden. Er war nur an der Heimatfront geblieben, weil er so jung war. Und der Bauer war jetzt um jede helfende Hand froh.

So standen Elisabeth und Fritz gemeinsam auf den Feldern des Bauern und versuchten, das Leben nach dem Krieg wieder in Gang zu bekommen.

Fritz beobachtete die junge Elisabeth bei der Arbeit, und was er sah, gefiel ihm ganz gut. Noch traute er sich aber nicht. Es sollte noch ein paar Jahre dauern, bis sie sich näherkamen. Fritz arbeitete durchweg beim Bauern, während

Elisabeth im Privathaushalt eines Fabrikanten eine Stellung bekam.

1928 trafen sie sich auf der Kirmes wieder.

„Bisch du alloi do?", fragte er Elisabeth bei einem Tanz.

„Noi, i bin mit meiner Freindin kumme."

„Ah, dann kannsch de jo zu mir an de Disch setze."

Elisabeth blickte sich um und suchte ihre Freundin Berta. Aber sie entdeckte sie nicht. Also überlegte sie nicht lange, nickte Fritz zu und begleitete ihn an seinen Tisch. Es wurde ein schöner Abend, und die beiden hatten sich viel zu erzählen. Bald wurde aus ihnen ein Paar.

Ich kann heute den Unterlagen entnehmen, dass Elisabeth – genau wie Friedericke – zuerst schwanger war und danach erst geheiratet hat. Auch hat sie mit ihrem Mann recht früh in der Wohnung gelebt, die ich noch kenne.

Fritz war später ein einfacher Arbeiter bei der Bahn. Das Ehepaar hatte vier Mädchen, die alle zur Dorfschule gingen. Die älteste Tochter war meine Mutter Emma.

Oma Elisabeth hat mir auch niemals etwas über ihre Ehe und ihren Ehemann erzählt, und merkwürdigerweise weiß ich auch von meiner Mutter nicht viel über diese Zeit. Sie hat ebenfalls nicht so viel aus dem Nähkästchen ihres Elternhauses geplaudert. Mir ist nicht eine einzige Charakterbeschreibung von Opa Fritz präsent. Ich weiß nicht, wie er war, ob er auch so große Macken hatte wie Gustav Zimmermann, ob ihm auch einmal die Hand gegen seine Frau ausgerutscht ist oder ob er ein liebender, fürsorglicher Ehemann war. Auch weiß ich nicht, wie lange er als Bauer oder Knecht seinen Lebensunterhalt verdienen musste und wann er eine Anstellung als Arbeiter bei der Bahn bekommen hat. Ein Opa also, von dem ich kaum etwas weiß und über den ich mir fast nur anhand der Briefe, die er aus dem Krieg nach Hause geschickt hat, meine Gedanken gemacht habe.

Und diese Briefe zeichnen ein sehr sympathisches Bild von ihm. Ob das allerdings Oma Elisabeth genauso gesehen hat

Elisabeth mit ihrem Mann Fritz und zwei ihrer Töchter

oder ob sie unter der Fuchtel ihrer Schwiegermutter und der anderen Familienmitglieder zu leiden hatte, wäre eine reine Spekulation.

Wie wir schon gehört haben, hat Elisabeth hat mir gegenüber niemals unangenehme Dinge aus ihrem Leben ausgesprochen. Es widerstrebt mir daher, an dieser Stelle eine völlig erfundene Lebensgeschichte einzufügen, die meiner Großmutter unter Umständen überhaupt nicht gerecht werden kann. Denn es ist eine Sache, ein mir bekanntes Leben noch ein wenig spannender mit der Zeitgeschichte zu verknüpfen, und eine ganz andere, ohne biografische Hintergründe einen Roman zu erzählen.

Auch Fritz wurde im Zweiten Weltkrieg eingezogen, und Elisabeth war mit ihren Töchtern Emma, Amalie, Gertraud und Hildegard über die Kriegszeit alleine.

Fritz schrieb viele Briefe von der Front, aus denen hervorging, dass er sich überhaupt nicht wohl fühlte, aber seine Pflichten als Soldat erfüllen musste. In allen seinen Briefen stand immer an erster Stelle die Frage nach der Familie. „Liebe Frau und Kinder", so begann er jedes Mal. Einen Brief habe ich, der an meine Mutter gerichtet war. „Meine liebe Tochter Emma", stand da. Und immer wieder die Frage: „Wie geht es euch?", dann die hoffnungsvollen Worte: „Ich hoffe, es geht euch gut". Einige Briefe seiner Mutter an ihn und von ihm an seine Mutter habe ich auch vorgefunden. Sie erzählte ihm von der schweren Zeit zu Hause, was alles geschah, wie schwer es für die Familie war und wie viel seine Frau Elisabeth zum Alltag beitrug. Es gab wohl eine sehr enge Bindung zwischen Mutter und Sohn.

Elisabeth unterstützte die Schwiegereltern, wo sie nur konnte. Sie waren nicht mehr die Jüngsten und schafften die viele Arbeit ohne den Sohn nicht mehr.

„I geh hinners Haus. Des Kraut und die Bohne müsse g'macht werre", sagte Elisabeth.

„Ja", sagte die Schwiegermutter nur. Sie wusste, dass sie sich auf Elisabeth verlassen konnte.

Die letzten Nächte waren furchtbar gewesen. Die Tiefflieger flogen unentwegt ihre Einsätze. Wenn das doch alles nur schon vorbei wäre, dachte Elisabeth, während sie das Unkraut jätete. Sie machte sich große Sorgen um ihre Töchter, ihre Familie und um Fritz.

Fest steht, dass in dieser Familie ebenfalls das Leben und das Überleben den Alltag beherrschten. Auch an Elisabeth können der Zeitgeist und die Kriegserscheinungen nicht spurlos vorübergegangen sein. Sie hat zwei Kriege erlebt und gelebt, die mit Hunger, Not und Zerstörung einhergingen.

```
etwa 10 km ostw. Baltinawa/Lett. und den Heldentod gefunden hat.
Er erhielt einen Kopfschuß und war sofort tot. In soldatischer
Pflichterfüllung gab er sein Leben, getreu seinem Fahneneid, für
das Vaterland.
        Bei der Eigenart der Kämpfe und den nachfolgenden Absetzbe=
wegungen war es leider nicht möglich, Ihren Mann zu bergen und zu
beerdigen.
        Es war leider nicht möglich, Ihnen aber diese Nachricht zu
geben. Ihr Mann war s.Zt. als zurückkehrender Urlauber oder Ver=
sprengter infolge getrennten Einsatzes der Division unserem Rgt.
zugeteilt worden und kam zu obiger Feldposteinheit. Da seine Per=
sonalien und vor allem seine Heimatanschrift und Erkennungsmarken=
beschriftung nicht bekannt waren (-das Soldbuch ist gleichfalls
nicht geborgen worden -) ließen sich die Angehörigen nicht er=
mitteln. Auf eine Rückfrage bei seinem früheren Regiment ist eine
Antwort bisher nicht eingegangen. Erst jetzt ist eine Benachrich=
tigung durch die Anfrage des Ortsgruppenleiters möglich geworden.
```

Im Oktober 1944 kamen schlechte Nachrichten. Fritz war gefallen:

So blieb Elisabeth nichts anderes übrig, als die Verantwortung für ihre Töchter alleine zu übernehmen und mit vielen anderen Frauen das Schicksal der Kriegswitwe zu teilen. Übriggeblieben aus dem Nachlass von Fritz ist auch ein Verzeichnis seines letzten Besitzes:

Wenn man sich das so ansieht, ist es sehr wenig, was ein Mensch in der Fremde bei sich trug. Und noch viel weniger, wenn man sich überlegt, wofür oder weswegen die Männer ihr Leben lassen mussten. Von den Frauen, die in den Bombennächten die Sorgen um ihre Kinder hatten, ganz zu schweigen. Es wurde unendlich viel zerstört. Der Krieg hatte viele Wunden und Narben hinterlassen, sowohl bei den Menschen in den Städten als auch in den Dörfern.

Nach Kriegsende begann für Elisabeth und ihre Töchter eine neue Zeitrechnung. Alle vier Mädchen mussten, „in Stellung" gehen. Sie wurden als Hilfen in Haushalte geschickt, die sich Personal leisten konnten. Viele der besser gestellten Familien hatten ihr Vermögen und auch sich selbst in Sicherheit bringen können und kamen dann wieder zurück, um einen Neuanfang zu wagen. So fuhren die Mädchen nach Bruchsal oder Karlsruhe und lernten kochen und backen, nähen und putzen.

Zu Hause im Dorf gab es zu dieser Zeit einen Engpass an Wohnraum. Zu der Zerstörung durch den Krieg kam die Verpflichtung, Flüchtlinge aufnehmen zu müssen. So rückten die Dörfler und die Fremden mit Zähneknirschen körperlich und räumlich näher zusammen, um ihren Alltag gemeinsam gestalten zu können. Und doch bewahrten sie einen persönlichen Abstand, weil es den einen nicht passte, ein oder zwei Zimmer ihres Anwesens abgeben zu müssen, und es den anderen unangenehm war, dieses anzunehmen.

Es begannen der Wiederaufbau und die Neuorientierung und in weiten Teilen auch das Aufatmen, dass die schreckliche Zeit nun endlich vorbei war. Jeder hatte deshalb mit sich zu tun, und alle strebten nach der Normalität, nach einem schönen Zuhause, nach Geborgenheit und Angstlosigkeit. Alle arbeiteten wie besessen an ihrer Zukunft.

Ganz langsam machte sich der Fortschritt von Ludwig Erhards Wirtschaftswunder bemerkbar. So ratterten vereinzelt schon das Goggomobil und die Isetta durch die Straßen. Aus dem Radio schmetterte es: „Komm ein bisschen mit nach Italien, komm ein bisschen mit ans blaue Meer ..." Der Rock 'n' Roll mit Elvis Presley und Bill Haley erfasste die Jugend, und bald brachte Volkswagen den legendären VW Käfer auf den Markt. Weite Röcke bis kurz über das Knie mit breiten Gürteln, die die Hüften betonten, waren die modischen Hingucker jener Zeit.

Und trotzdem war es eine prüde und verkrustete Gesellschaft, die immer noch von Männern bestimmt wurde, mit Frauen, die sich unterordnen und folgsam sein mussten. Nicht selten hatten sie dem Hausherrn abends Strickjacke und Pantoffeln bereitzustellen, wenn nicht sogar überzustreifen.

Die Heranwachsenden wollten sich dies irgendwann nicht mehr länger ansehen und fingen an zu rebellieren, was schließlich in der 68er-Bewegung mit Straßendemos und heftigen Aggressionen seinen Höhepunkt fand.

Emma
(Jahrgang 1929)

Die kleine Emma, meine Mutter, lebte mit ihren drei Schwestern und ihren Eltern Elisabeth und Fritz in Oberöwisheim in der Planstraße 156.

Emma als Mädchen

Emma war gerade zehn Jahre alt und besuchte die Dorfschule. Ihre drei Schwestern folgten in Abständen von eineinhalb bis zwei Jahren. Emma musste deshalb schon richtig viel mithelfen und auch auf ihre jüngeren Schwestern aufpassen. Fritz arbeitete viel und lange, und Elisabeth musste ihre Schwiegereltern in der Landwirtschaft unterstützen.

Heute ging es hinaus auf den Acker zum Kirschenpflücken. Mit kleinen Körben stiegen sie auf die Leitern, dann zwischen die Äste, und schon konnte es losgehen.

„Mein Korb isch voll", rief Emma nach einer Weile.

„Meiner a", antwortete ihre Schwester Amalie.

„Gib her", rief Elisabeth, die auf der Leiter stand und die Hand ausstreckte.

Die Mädchen reichten ihrer Mutter nacheinander ihre vollen Körbchen, und diese leerte sie vorsichtig. So zog sich diese Arbeit den ganzen Nachmittag hin, bis der Baum von den Früchten befreit war.

Mit ihrer Handkarre und zwei großen Körben mit Kirschen kamen sie nach Hause. Gemeinsam befreiten sie die Kirschen von den Stielen und den Kernen. Elisabeth wusch sie kräftig und stellte einen großen Topf auf den Herd. Sofort wurden die Kirschen zu Marmelade verarbeitet. Die Mädchen mussten inzwischen das Abendbrot herrichten und danach noch ihre Schularbeiten erledigen.

„Seid ihr fertig mit esse?", fragte Elisabeth in die Runde.

„Ja", antwortete Emma pflichtbewusst.

„Dann macht die Hausaufgabe und dann ins Bett."

Die Tür öffnete sich, und Fritz kam nach einem langen Arbeitstag nach Hause. „Was hasch zu esse?", fragte er seine Frau.

„Mir ware Kirsche pflügge und hen Marmelade kocht. S'isch noch Bohnesupp vun geschdern do und e Worschdbrot hemme a noch."

„Gib her, i brauch was zwische de Zähn." Er wusch sich

die Hände und ließ sich am Tisch nieder. „S'langd bald nemme mitem Geld", sagte er zwischen zwei Löffeln.

„I schaff bei deine Eltern schon drei Stund mehr als vorher, dass se mer mehr Mehl und Käs gewwe. Mehr geht ned", antwortete Elisabeth mit resignierender Stimme.

„I will oifach ned, dass die Mädle zu de Bauern misse", sagte Fritz.

„Ja, des will i ah ned. I kann beim Nachbar froge, ob er noch e Magd brauchd", überlegte Elisabeth laut. Sie wollte verhindern, dass es ihren Töchtern anderswo schlecht ging, und sie schaffte das auch.

Allerdings kamen im gleichen Jahr andere, viel schlimmere Probleme. Der Zweite Weltkrieg brach aus, und da ja auch Fritz einberufen wurde, unterstützte Emma ihre Mutter, so gut sie das mit ihren zehn Jahren konnte. Wie wir schon gehört haben, passte sie auf ihre jüngeren Schwestern auf, während ihre Mutter auf dem Feld der Schwiegereltern arbeitete. Und trotzdem schafften sie es kaum, für ihr tägliches Brot zu sorgen. Die Zeit war lang und schwer. Die kalten Winter, die fehlenden Kohlen, die schlechte Ernährung – das alles zermürbte die Menschen und zerrte an ihren Nerven.

In den letzten beiden Kriegsjahren litten sie ganz besonders. Emma war mittlerweile fünfzehn Jahre alt und bekam mit ihrer Familie die volle Wucht der Angriffe der Alliierten zu spüren. Ein unsägliches Elend der Angst gehörte ebenso zur Tagesordnung wie das Ausharren in Bunkern und Kellern während der Luftangriffe. Zu essen gab es nur noch wenig, und die Briefe des Vaters von der Front kamen nur noch sehr spärlich und klangen deprimierend.

Elisabeth versuchte, so gut es ging, ihre Töchter zu schützen und den Alltag zu organisieren. Ihre Schwiegermutter war die Einzige, mit der sie sich abstimmen konnte. Ihr Bruder kümmerte sich um ihre Eltern und um die Wagnerei.

Es war eine schlimme Zeit, aber sie überlebten sie unbeschadet – mit Ausnahme von Vater Fritz.

Immerhin hatten sie mit ihrem Zuhause einigermaßen Glück, denn die Wohnung blieb unbeschädigt. Und diese Wohnung kenne ich auch noch. Meine Oma wohnte sehr lange da, auch noch als ihre Töchter alle verheiratet und ausgezogen waren.

Und so richteten sie sich Stück für Stück ein neues Leben ein.

Emma fand etwas später in Karlsruhe eine Anstellung bei einer Familie und wohnte fortan die Woche über in der Stadt. Das Wochenende verbrachte sie bei der Mutter und den Schwestern. Meistens traf sie sich auch mit ihrer besten Freundin.

So war im Laufe der Zeit etwas wie Normalität eingekehrt und damit verbunden ein Gefühl, dass die schlimme Zeit hinter ihnen lag und alles nur immer besser werden konnte.

1948 lernte Emma, wie wir bereits erfahren haben, Gustav kennen. Die Hochzeit fand nur ein Jahr später im Sommer 1949 statt. Sie zogen zunächst zur Miete in ein kleines Häuschen ein. An diese Zeit habe ich selbst mit Ausnahme von ein paar zusammenhanglosen Bildern so gut wie keine Erinnerung mehr, weil ich noch sehr klein war.

Über die dann folgende lange und auch ereignisreiche Ehe der beiden werden wir im folgenden Kapitel mehr erfahren, da ich ja selbst ab 1950 auf dem gemeinsamen Lebensweg mit dabei war.

Emma und Gustav bei ihrer Hochzeit

Barbara
(Jahrgang 1950)

Ich, Barbara, wurde im März 1950 in einer Klinik in Karlsruhe geboren. Wie meine Mutter jemanden organisiert hat, der sie die fünfzig Kilometer mit einem der wenigen Autos, die es zu dieser Zeit gab, dorthin brachte, das weiß ich nicht mehr. Sie hat mir das sicher irgendwann einmal erzählt. Aber die Klinik kenne ich sehr gut. Auch mein erster Sohn erblickte dort das Licht der Welt.

Barbara als Kind

Meine Erinnerungen an meine Kindheit beginnen etwas verworren. Die ersten Bilder als Kind sehe ich, wie bereits angedeutet in dem Haus, in dem wir zunächst zur Miete gewohnt haben. Ich glaube zu sehen, dass es von der Hauptmannstraße in das etwas zurückgesetzte Häuschen hineinging. Warum wir dort wohnten und nicht gleich im Elternhaus meines Vaters, fehlt mir in meiner Erinnerung.

Ein weiteres Bild aus dieser Zeit ist, dass mein Vater mit einem Gipsbein in dieser kleinen Bleibe saß und aus dem Fenster blickte. Ich weiß sicher, dass er einen Motorradunfall hatte, als er durch Bühl in Richtung Straßburg fuhr. Ein Lastwagen kam an einer Kreuzung so nahe, dass sein Bein zwischen der Fußraste und dem Rad des Lastwagens einge-quetscht wurde. Es war ein äußerst komplizierter Bruch, und er war sehr, sehr lange krankgeschrieben. Dazu passt auch das Wissen, dass er während der Krankheit immer in Sorge war, dass der Krankenkassen-Kontrolleur um die Ecke kommen könnte und das von großer Bedeutung war. Viel mehr aus diesem Zuhause fällt mir nicht ein, noch nicht einmal ein paar Details zur Einrichtung.

Irgendwann in dieser frühkindlichen Zeit sind wir dann ins Elternhaus meines Vaters in die Planstraße 146 umgezogen, und wenn man jetzt glaubt, dass es dort mehr Platz gab, dann war das weit weg von dem, was man sich vorstellen kann. Das Haus war ein altes Fachwerkhaus aus dem fünfzehnten Jahrhundert. Es bestand aus zwei Etagen, die sich zwei Familien teilten, so wie es heute bei Eigentumswohnungen der Fall ist. Diese Art der Aufteilung finde ich erstaunlich für diese Zeit, in der solch moderne Wohnformen eigentlich nicht üblich waren. Der Speicher war auch hälftig aufgeteilt, und die Familie aus dem Untergeschoss – wir hatten die erste Etage – hatte auf ihrem Dachboden noch einen Taubenschlag gebaut. Der Familienvater pflegte sein

Hobby Brieftauben ausgiebig.

Noch bemerkenswerter war die Einteilung des Grundstücks um das Haus herum. Vor dem Haus gab es einen kleinen Vorgarten mit Blumen, außerdem den Wasserbrunnen, den man sich freundschaftlich teilte. Einen Holzverschlag mit einem Plumpsklo hatte jede Familie für sich alleine, ebenso jeweils einen kleinen Stall und ein Stückchen Freigelände. So konnte sich jeder ein Schlachtschwein und eine Kuh halten, um die Nahrungsbeschaffung sicherzustellen. Auch ein Hasenstall gehörte dazu. Gleich neben dem Haus stand eine große Scheune, die ebenfalls geteilt wurde. Ich kann mich erinnern, dass wir dort Heu und Stroh und auch Tierfutter lagerten. Außerdem befanden sich dort ein Holzwagen und mehrere kleine Karren sowie Werkzeuge aller Art und Größe. Im hinteren Teil hatten sich unzählige Katzen mit ihren Babys ein Zuhause eingerichtet; sie wurden auch regelmäßig von meiner Oma Friedericke gefüttert und mit Milch versorgt. Rechts von der Treppe ging es in den Keller, der wiederum perfekt aufgeteilt war. Der Keller war damals ein ganz wichtiger Bestandteil, um den Lebensmittelvorrat haltbar zu machen, denn die einfachen Leute hatten zu der Zeit noch keinen Kühlschrank. Auch das Wasser wurde noch mit Eimern aus dem Brunnen gepumpt und die Treppe nach oben getragen. Eine Wasserleitung gab es noch nicht.
Hinter dem Haus erstreckte sich über die gesamte Grundstücksbreite ein weitläufiger, sichtbar ansteigender Garten, der genau in der Mitte für die beiden Parteien in zwei Hälften aufgeteilt war. Für die Hühner, Hähnchen, Enten und Gänse war hier hinten das Paradies – allerdings nur vermeintlich, denn sie landeten ganz sicher irgendwann im Kochtopf, da mein Vater großen Wert auf die Kleintierhaltung zur Nahrungsbeschaffung legte.

Barbaras Elternhaus

Meine Oma Friedericke hatte eine kleine Stube, in der sich ihr ganzes häusliches Leben abspielte. Sie war seit 1943 wieder Witwe und wollte von diesem Tag an mit ihren dreiundfünfzig Jahren nichts mehr von Männern wissen. Sie hatte genug. Niemand konnte sie mehr verheiraten und unterdrücken, und für die Triebe eines Mannes wollte sie auch nicht mehr zur Verfügung stehen. Ihrem Körper waren zu viele Geburten zugemutet worden, von den vielen Schlägen und Missachtungen der Ehemänner ganz zu schweigen.

Friedericke lebte also mit ihrem ältesten Sohn Gustav – meinem Vater – und dessen Familie im Elternhaus ihres zweiten Ehemannes Gustav Zimmermann. Zum Glück hatte der alte Mann dafür gesorgt, dass das Testament dieses Mal stimmte und sie nicht wieder mit ihren Kindern vertrieben werden konnte. Sie hatte von ihm niemals etwas über seine erste Ehe erfahren. Nie war von Kindern aus dieser Ehe die Rede gewesen, was ihr in dem kleinen Dorf bestimmt zu Ohren gekommen wäre. Immer wenn sie nachzufragen versuchte, winkte er barsch und mit wütendem Blick ab. Sie solle schweigen, meinte er kurz und knapp. Also blieb ihr dieses erste Leben von Gustav völlig unbekannt.

Jetzt als Witwe hatte sie auch kein beschaulicheres Leben. Der Zweite Weltkrieg hatte Jahre danach noch seine Spuren hinterlassen, die Sorge um das tägliche Brot war allgegenwärtig. Ihr Sohn Gustav arbeitete weiter weg bei einem Metzger und kam nur am Wochenende nach Hause. Seine Frau Emma arbeitete bei Siemens in Bruchsal, und so übernahm Friedericke die Versorgung von Haus und Hof und der kleinen Barbara. Sie war vom frühen Morgen bis spät am Abend auf den Beinen. Neben den Kleintieren gab es zwei Schweine und eine Kuh, die täglich versorgt werden mussten. Außerdem waren einige Äcker mit Korn, Kartoffeln und Obstbäumen sowie immer noch der Weinberg zu bearbeiten, der ja bekanntlich die Geburtsstätte ihres Sohnes Gustav war.

An meine Kindergartenzeit kann ich mich nicht mehr allzu gut erinnern. Es ist nur eine bestimmte Situation hängengeblieben, die mir damals wohl sehr wehgetan hat und die ich bis heute nicht vergessen habe. Ich sehe mich mit anderen Kindern an einem kleinen Tisch sitzen. Alle haben bunte Perlen und eine Schnur vor sich liegen. Diese Perlen, die es in ihrer Form heute immer noch als die sogenannten Bügelperlen für Topfuntersetzer oder ähnliche Dinge gibt, wurden damals aufgefädelt. Alle Kinder hatten Spaß daran, nur ich nicht. Denn ich hatte keine Perlen. Zum Trost schenkte mir die Diakonissenschwester, die den Kindergarten leitete, ein kleines besticktes Täschchen für ein Taschentuch. Doch dies konnte mich natürlich nicht trösten. Ich weiß noch, dass ich entsetzlich enttäuscht war und die Tränen wie Bäche flossen, als ich nach Hause kam. Aber da fand ich keinen Trost und kein Verständnis. Wegen solch einer Lappalie muss man doch nicht flennen, hieß es. Bis heute aber habe ich dieses Bild vor Augen, und deshalb muss es wohl schlimm für mich gewesen sein.

Emma, Gustav und die kleine Barbara

„Kumm, i hab de dei Milich und dei Marmeladebrod no-gschdelld", rief mir Oma Friedericke durch meine Kammer-tür zu. Es war früh am Morgen, und ich musste bald in die Schule. Es war eine kleine Kammer, die hinter dem Eltern-schlafzimmer lag und nur durch dieses hindurch betreten werden konnte.

Rechts von der Tür stand ein Bett der damaligen Zeit, für ein Kind ziemlich hoch zum Einsteigen, mit schweren und prallgefüllten Federbetten. Es nahm auch die ganze Breite des Zimmers ein. Auch standen sich in meiner Kammer zwei Stühle gegenüber, auf deren Lehnen mein Vater Stangen mit aufgefädelten, geräucherten Wurstringen durchgeschoben hatte. Links von der Tür befand sich noch ein kleiner Schrank, und es gab ein winziges Fensterchen. Immerhin! Es war also nicht nur mein Kinderzimmer, so ganz ohne Spiel-zeug und anderen Dingen, die Kinder Freude machen – es war auch noch die Vorratskammer der Familie, und so duftete mir nachts anstatt einer Märchenfee die Rauchwurst um die Nase.

Das Anziehen war damals etwas komplizierter als heute. Wollstrümpfe und Strapse, festgehalten durch einen kleinen Knopf oder einen Pfennig, waren auch für Mädchen die grundsätzliche Beinbekleidung. Ein sogenanntes Werktagskleid, Schnürschuhe und eine Schürze vervollständigten das, was unbedingt sein musste.

Als ich in die Stube meiner Oma Friedericke kam, stand da auf einem Hocker eine Schüssel mit warmem Wasser. Es gab morgens nur eine Katzenwäsche, die aus ein paar Tropfen Wasser und einer duftlosen Seife bestand.

Meine Mutter war um diese Zeit schon arbeiten, und mein Vater war ohnehin die ganze Woche weg. Gebadet wurde nur am Samstag. Dazu wurde eine große Blechwanne nach oben in die Küche getragen. Auf dem Herd stand ein sehr großer Topf mit kochendem Wasser. Ich bekam zunächst die erste Pfütze heißes Wasser gemischt mit kaltem. Plantschen war darin natürlich nicht möglich. Es reichte noch nicht einmal, um die Füße zu bedecken. Der Nächste war dann der Hausherr, dem ausreichend Wasser zugeschüttet wurde. Und zuletzt durfte sich meine Mutter in das benutzte Wasser mit dem restlichen Nachschlag setzen.

„Wend von der Schul kummsch, dann drage mir fünfundzwanzig Oimer Wasser hoch. I muss morge Wesch koche!", sagte Friedericke bestimmt.

„Des isch zu schwer", warf ich mit vollem Mund ein.

„Dann machsch de Oimer halber voll und lafsch mehrmols", war ihre Antwort.

Damit war klar, dass ich dem auf keinen Fall entkommen würde. Wir wohnten ja im ersten Stock, und der Brunnen stand auf dem Hof. Sie benötigte genau ihre fünfundzwanzig Eimer Wasser, um die Wäsche auf dem Herd zu kochen und sie dann in verschiedenen Behältnissen klarzuspülen oder, wie sie sagte, zu „schwenken". Nicht dass damit alles getan war, nein, das Wasser musste auch wieder hinuntergetragen werden, weil es im Haus keinen Schmutzwasserablauf gab, und auch die Wäsche wurde den noch etwas weiteren Weg in den Garten zu den Wäscheleinen geschleppt. Auch das Bügeln war nicht so ganz einfach. Sie legte immer eine Decke auf den Tisch und ein Bettlaken darauf. Das Bügeleisen hatte zwar Strom, aber es war richtig schwer.

Manchmal wünschte ich mir eine Mutter, die morgens da war, die mir half, mir meine Kleider hinlegte oder mir meinen Schulranzen herrichtete. Aber sie war um diese Zeit schon seit Stunden in der Fabrik, und wenn sie abends nach Hause kam, hatte sie mit der Nebenerwerbslandwirtschaft alle Hände voll zu tun.

Zwischen ihr und Oma Friedericke war das keine so ganz innige Beziehung. Vielmehr war sie etwas spannungsgeladen, was aber nicht sehr störte, weil alle mal gut und mal weniger gut damit umgingen. Allerdings hatte es ein paar Jahre zuvor Vorkommnisse gegeben, die es schon in sich hatten. Mein Vater Gustav hat mir darüber berichtet, und wir werden später noch davon hören.

Ich setzte mich also an den Tisch und verzehrte mein Frühstück, dann war schon Zeit für die Schule. Die Kinder der ersten Klasse waren zu dieser Zeit im alten Schulhaus untergebracht, also musste ich den Kirchberg hochlaufen. Ich erinnere mich an die Holzbänke, an die Tafel und den Schwamm, der am Schulranzen baumelte, und an das Tintenfass, das dann etwas später zusammen mit der Feder folgte. Noch heute habe ich eine ganz ausgeprägte Liebesbeziehung zu Feder und Tinte.

Ich sehe meine nette, einfühlsame, junge Lehrerin vor mir, die es uns leicht machte, die ersten Schritte in das neue Leben zu gehen. Es war etwas, das mir viel Freude machte und keinerlei negativen Erinnerungen hinterließ – anders als der strenge Lehrer, den ich später hatte.

In das alte Schulhaus bin ich noch sehr oft zurückgekommen, weil dort der evangelische Kindergarten untergebracht war, und ich habe mich auch oft an die beiden Diakonissinnen erinnert, die sich die kleine Wohnung teilten. Die eine leitete den Kindergarten, und die andere versorgte die Kranken. So lebten sie zusammen und arbeiteten zum Wohle der Gemeinde und der Hilfsbedürftigen.

Quelle: Buch „1200 Jahre Oberöwisheim"

Altes Schulhaus in Oberöwisheim
In der zweiten Klasse mussten wir ins alte Amtshaus, das als Schulhaus für die größeren Kinder diente. Ich erinnere mich

an einen gestrengen Lehrer, dessen Namen ich nicht mehr weiß. Er war auch gleichzeitig der Schulleiter, und ich glaube, ich hatte großen Respekt vor ihm.

Quelle: Buch „1200 Jahre Oberöwisheim"

Altes Amtshaus in Oberöwisheim

Dann wurde gegenüber dem Sportplatz, der mit seinem Vereinshaus ebenfalls neu gestaltet wurde, eine schöne neue Schule gebaut. Oft haben wir Kinder beim Fußball und bei anderen Veranstaltungen zugeschaut. Eine Schwester von Opa Fritz hat jede Woche in einem Koffer die Fußballtrikots hauptsächlich der ersten Mannschaft zum Waschen abgeholt und diese dann gebügelt zum nächsten Spiel wieder hingebracht.

Ganz stolz haben wir damals unsere Stühle selbst in das neue Schulgebäude getragen. Unser Klassenlehrer war Herr Pfeiffer, ein gutgekleideter, eleganter Mann mit grauen Haaren und einem Seitenscheitel. Er begleitete uns durch unsere restlichen Schuljahre und war sehr streng. Die Rute für die Tatzen und der Griff in die Wange, um sie umzudrehen, waren selbstverständlich und wurden bei Ungehorsam eingesetzt, ohne mit der Wimper zu zucken. Und wenn einer etwas angestellt hatte und sich nicht meldete, war gleich die ganze Klasse dran.

Kam ich dann nach Hause und erzählte, dass der Lehrer mich oder uns bestraft hatte, dann setzte es gleich noch eine Ohrfeige dazu. Denn wenn der Herr Lehrer einen bestraft hat, musste es ja einen richtigen Grund dafür gegeben haben, und die Tochter sollte grundsätzlich keinen Anlass für so etwas liefern. Ungehorsam wurde von meinem Vater nicht geduldet, und für ihn hatte der Lehrer immer Recht.

Auf dem Weg ins neue Schulhaus

In der unteren Etage unseres Hauses wohnten – wie bei uns auch – ebenfalls mehrere Generationen zusammen. In dieser Familie war aber der Großvater noch am Leben, und die Juniorfamilie hatte zwei Kinder. So hatte ich auch gleich Spielkameraden auf dem Hof, was sehr bequem war.

Eines Tages starb die Oma oder der Opa dieser Familie. Im Gegensatz zu heute wurden die Toten damals nicht gleich weggebracht, sondern im Haus in ihrem Bett aufgebahrt. Der Pfarrer war in der Regel ohnehin schon da, dann wurde die Totenglocke, die auch *Schiedling* genannt wurde, geläutet. Achtundvierzig Stunden war die gesetzliche Regel, die abgewartet werden musste. Diese Zeit wurde von der Familie, den Nachbarn und den Dörflern benutzt, um Abschied zu nehmen und die Totenwache zu halten.

Mein Vater war nicht zu Hause, und ich weiß noch ganz genau, dass meine Mutter und ich uns nicht wohl fühlten. Um nicht zu sagen, wir hatten Angst, die Nacht im Haus verbringen zu müssen mit dem Wissen, dass in der Wohnung unter uns ein toter Mensch liegt. Also packten wir eine kleine Tasche für die Nacht und liefen die Planstraße hoch zu Oma Elisabeth und dort die Nacht zu verbringen.

Am Tage der Beisetzung kam dann ein Pferdewagen mit schwarz-goldenem Geschirr und einem Kutscher mit einem Zylinder. Der Sarg wurde auf den Wagen geschoben, die Kränze drum herum an Haken gehangen, und dann ging es zum Friedhof. Der Pfarrer und die Familie gingen als Erste hinter dem Wagen, und dann folgten die Dörfler und der Kirchenchor. Da jeder jeden kannte waren die Trauerzüge rechts lang.

Grundsätzlich waren die Trauerfeiern immer sehr würdevoll. Auch die Grabpflege wurde stets sehr ernst genommen, denn sie war ein Spiegelbild, an dem man erkennen konnte, mit welchem Respekt die Familie mit ihren Toten umging. Niemals wurde zugelassen, dass verwelkte oder verblühte Blumen ein Grab zierten.

Quelle: Buch „1200 Jahre Oberöwisheim"

Alter Friedhofseingang in Oberöwisheim

Für heute war die Holzsägemaschine angekündigt. Knatternd kam sie auf den Hof gefahren – ein schwarzes Ungeheuer, das langsam durch die Straßen tuckerte und auf Bestellung das im Wald geschlagene und gekaufte Holz zerkleinerte.

Friedericke zeigte dem Mann, welchen Stapel er sägen musste, und dieser legte sofort los.

„Geh weg!", rief sie mir in das Geräusch der Säge hinein zu. „Du wersch ganz voller Spän. Des fliegd doch durch die Lufd!"

„I will bloß gugge!"

„Hersch ned!", schrie sie. „Weg do!"

„Jaa!" Ich zog die Schultern hoch und entfernte mich ein Stückchen. Neugierig stellte ich mich seitlich daneben und sah dem Spektakel zu. Schnell nahm der Mann ein Stück Baumstamm in die Hand und sägte es in handliche Stücke. In den nächsten Tagen würde mein Vater die runden Brocken hacken, und ich durfte dann die Holzscheite später an der Außenwand des Schuppens aufstapeln. So wurden wir Kinder stets in die tägliche Arbeit drinnen und draußen eingebunden.

Neben den Kindern der Familie unter uns hatte ich auch viel Kontakt zum Sohn meiner Tante Amalie, Emmas Schwester. Peter war zwei Jahre jünger als ich; er war ein leichtsinniger Bursche und immer bereit, etwas anzustellen.

Eine bleibende Erinnerung war die Tatsache, dass er sich in einen ausrangierten, klapprigen Kinderwagen setzte und ich ihn die Planstraße (auch Hungergasse genannt) hinunterschubste. Was zunächst ein riesiger Spaß war, endete damit, dass der Kinderwagen durch die hohe Geschwindigkeit kippte und Peter herausschleuderte. Er lag auf der Straße und hielt die Hand vor dem Mund.

„Was isch?", fragte ich ihn.

„I glab, i blud", antwortete er, während er sich seine Hand ansah.

„Oh Jeses, du hasch der jo dein Zoh abgschlage", erklärte ich ihm, denn sein vorderer Schneidezahn hatte eine Ecke verloren. „Dein Vater schlagd der der Frack voll, wend so hoim kumsch."

„Des macht nix, musch bloß an was anderes denge, bis er fertig isch. I bin's gwehnd, dasse veraifelt wer."

Grinsend klopfte er sich den Staub von den Hosen, wahrscheinlich eine Geste, um sich selbst Mut zu machen. Sicher war er auch noch ein kleiner Junge und nicht so ein harter Brocken, dem alles egal war. Und damit nahm er seinen alten Kinderwagen und machte sich auf den Weg nach Hause, um sich seine Prügel abzuholen.

Barbaras Cousin Peter mit seinem Vater,
Oma Friedericke, Emma und Barbara

Übrigens haben wir es damals alle als nicht so tragisch angesehen, mal eine Ohrfeige, eine Tracht Prügel oder eine andere Züchtigung einstecken zu müssen. Es gehörte zum Erzie-
hungskonzept dieser Zeit. Natürlich haben wir geheult und
geflennt, und was wir einstecken mussten, war ganz sicher
nicht immer ganz gerecht und bestimmt auch aus heutiger
Sich nicht gut. Es war aber für alle deshalb zu ertragen, weil
wir wussten, dass es so gut wie niemandem erspart blieb.

Tante Amalie wohnte nicht weit weg von uns, auch in der
Planstraße 156. Bei ihnen im Haus lebte ja auch ihre Mutter,
meine Oma Elisabeth, in ihren zwei Stuben und der kleinen
Küche, die sie angemietet hatte. Tagsüber war sie aber immer in Amalies Küche zu finden, da diese den ganzen Tag in
der Schuhfabrik arbeitete. Sie kam zur Mittagspause mit dem
Fahrrad nach Hause, und bis dahin hatte Oma Elisabeth für
die Familie gekocht und auch den ganzen Haushalt versorgt.

Oma Elisabeth mit ihrer Tochter Emma

Auch Elisabeth war stets zu ihren Töchtern unterwegs und half ihnen nach den Geburten und auch sonst, wann immer sie gebraucht wurde. Unter den vier Schwestern machte sich gelegentlich eine leichte Eifersucht breit. So verglichen sie, bei welcher Schwester die Mutter mehr half und bei welcher weniger. Der Umgangston war zwar nicht so streng wie in der Familie Zimmermann, aber auch hier wurde die Mutter gelegentlich zurechtgewiesen, obwohl sie es nur gut meinte. Mich hat das bereits als Kind gestört.

Oma Elisabeth hingegen lächelte das alles stillschweigend weg und zeigte hinter dem Rücken der meckernden Töchter einfach einen Vogel. Ehrlich gesagt, ich könnte das nicht. Wenn meine Kinder mir nicht respektvoll begegneten und mich anmachten, dann würde ich das verbal einfordern und nicht weglächeln.

Elisabeth habe ich auch als eine moderne Oma in Erinnerung, eine Oma, die wunderbare Spielsachen aus den ersten Katalogen von Quelle und Neckermann auswählte und per

Post bestellte. Spielsachen, die man bis dahin noch nicht kannte. Ganz besonders gut erinnere ich mich an ein Spielzeug-Postamt, mit dem man richtig gut spielen und Briefchen stempeln konnte.

Im Gegensatz dazu hatte meine andere Oma Friedericke für diesen Schnickschnack, wie sie es nannte, überhaupt nichts übrig. Sie war mehr für das Praktische wie Wollstrümpfe, Unterwäsche und Schürzen. Daher verkniff sie sich auch keine Kommentare, wenn sie sah, dass ich wieder irgendein neues Spielzeug hatte.

Ich war oft bei meiner Oma Elisabeth. Sie war eine ganz liebe Oma, die in meiner Erinnerung nie schimpfte, immer da war und einem sehr gelassen und ausgeglichen gegenübertrat. Es war wohltuend bei ihr, denn bei uns zu Hause war es mit der resoluten Oma Friedericke etwas unruhiger.

Manchmal durfte ich auch bei Oma Elisabeth übernachten. Ihre Schlafstube hatte zwei hohe, separate Bauernbetten, in deren Mitte ein einziges Nachtschränkchen stand. Gegenüber befanden sich ein Schrank und ein Vertiko. Letzteres war ein Möbelstück, das mir schon als Kind sehr gefallen hat: eine zweitürige Kommode, etwa einen Meter siebzig hoch und einen Meter breit. Über den Türen befanden sich jeweils eine Schublade und darauf ein Aufsatz mit gedrehten Beinen und einem Spiegel an der Rückwand. Auf der Ablagefläche vor dem Spiegel standen Familienbilder auf Spitzendeckchen und eine kleine Vase. Bis heute finde ich das Vertiko ein beeindruckendes Möbelstück. Elisabeth hatte übrigens zwei Stück davon.

Wenn wir abends in unseren Betten lagen, las sie mir immer Geschichten vor, die so spannend waren, dass ich sie immer wieder hören wollte. Unvergessen ist mir eine Geschichte, in der ein Rabe einen goldenen Ring stiehlt. Viele Jahrzehnte später durfte ich mir dann das Buch „Die Ostereier / Das Blumenkörbchen" von Christoph von Schmid aus dem Nachlass meiner Oma mitnehmen. Dieses Büchlein halte ich heute noch sehr in Ehren, denn es leistete auch einen nicht unerheblichen Betrag zu meiner Liebe zu Büchern und zum Lesen.

Die Planstraße führte bergan und wurde im Winter als Schlittenbahn, die einen bis in die Dorfmitte rasen ließ, benutzt. Die Schlitten waren selbstgebaut, zwei Holzbretter rechts und links, unten jeweils eine Schiene als Kufe, vorne eine Schnur zum Ziehen, in der Mitte ein angeschraubtes Brett und darauf befestigt einen mit Stroh gefüllten und als Sitz geformten Sack. Man nannte einen solchen Schlitten „Totenlader" und setzte sich je nach Länge zu dritt oder zu viert darauf. Der Vordermann war der Lenker, der sich mit den Beinen voraus auf den Schlitten setzte und auch noch ein paar Schlittschuhe anhatte, um die Geschwindigkeit des Gefährts zu erhöhen. Es war ein sichtliches Vergnügen für alle Heranwachsenden, obwohl es immer auch ein wenig gefährlich war.

Es war eine Zeit in der es im Vergleich zu heute noch Vierjahreszeiten gab. So war der Winter auch tatsächlich ein Winter mit viel Schnee, Frost und natürlich auch Eisblumen an den Fenstern, weil die Zugluft einströmte und die Bolleröfen nicht im Stande waren Wärme und Kälte auszugleichen. Nicht umsonst saß man gerne um den Ofen herum und das Sprichwort, dass man keine Katze hinter dem Ofen vorlocken kann, ist ja auch abgeleitet davon, dass es sich an der einen oder anderen Stelle nicht lohnt den wärmenden Platz für eine Nichtigkeit zu verlassen.
Unsere Winterbekleidung war beschränkt und bestand aus einem Wollmantel, Wollstrümpfen, selbstgestrickte Fäustlinge und Mütze, sowie derben Schuhen.
Jeden Mittwochabend bog ein VW-Bus in unsere kleine

Gasse ein. Es war ein Textilhändler aus Gochsheim, der dort einen Laden hatte und außerdem das Auto bis unter das Dach mit Bekleidungs- und Haushaltswäsche füllte und damit über Land zog. Die Landfrauen waren froh, für ihre Einkäufe nicht reisen zu müssen. So stieg auch Oma Friedericke stets in das Auto und kaufte ein, was gebraucht wurde, vom Schlüpfer über die Socke bis zur Wickelschürze. Natürlich nur, wenn es nötig war. In dem kleinen Dorf wurde ohnehin ein reger Handel betrieben, und einige Fabriken[16], wenn auch kleine, stellten Arbeitsplätze zur Verfügung.

Nach Siemens arbeitete meine Mutter Emma bei der Malag in Münzesheim, einer Herdfabrik, und später wechselte sie in die Schuhfabrik, in der ohnehin das halbe Dorf beschäftigt war. Damit konnte sie die schwere Tätigkeit in der Herdfabrik im Münzesheim hinter sich lassen und mit dem Fahrrad zur Arbeit fahren, was eine große Erleichterung für sie war.

Da aber in so gut wie allen Fabriken im Akkord gearbeitet, und nicht nach Stunden bezahlt wurde, war das grundsätzlich ein Arbeitstag der es in sich hatte.

Und die wöchentliche Arbeitszeit war auch noch recht hoch. Vierzig Stunden arbeitete man erst viel später.

---

[16] Oberöwisheim galt als das Dorf der Händler und wurde durch die Schweine- und die Fassbrandhändler bekannt. Sie gingen landauf und landab hausieren. Auch kleinere Zigarrenfabriken waren ansässig, die bis zu 30 Mitarbeiter beschäftigten (Zitat aus dem Buch „1200 Jahre Oberöwisheim", Beitrag von Paul Bühn, Seite 333/334).

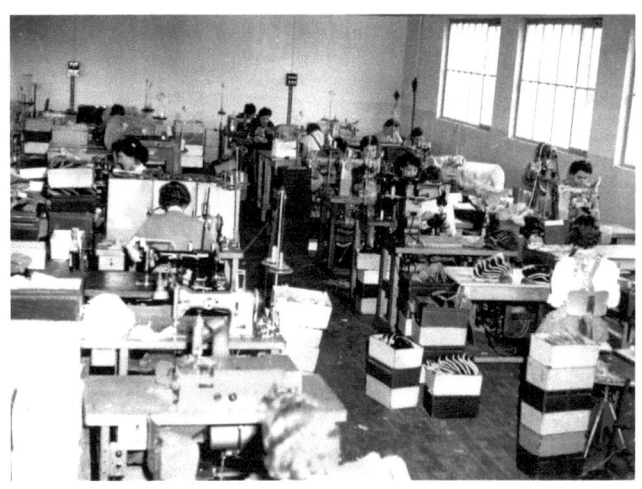

Schuhfabrik in Oberöwisheim

Ich möchte heute nicht mehr darüber nachdenken, wie geschützt oder ungeschützt die Mitarbeiter an dem Email-Bad, in dem die Herdteile emailliert wurden, waren. Meine Mutter hat mir oft erzählt, wie sehr sie die Arbeit angestrengt habe und wie froh sie danach gewesen sei, in der Schuhfabrik arbeiten zu können, obwohl das etwas ganz anderes war und sie völlig umlernen musste. Sie musste an einer großen Nähmaschine die Kappen (Fersen) in die Schuhe einnähen – und das im möglichst hohen Tempo, damit der Lohn einigermaßen stimmte.

Ihre Schwester Gertraud hatte es in der Schuhfabrik gut erwischt. Sie baute durch ihre Arbeit – auch in der privaten Villa – eine gute Beziehung zur Eigentümerfamilie auf, was sie zwar sehr beanspruchte, ihr aber auch ein paar Privilegien einbrachte. Ihr Mann Willi arbeitete auch dort und, wenn ich mich richtig erinnere, der Mann ihrer Schwester Amalie auch. Sie hatten alle ihr Auskommen, konnten mit dem Fahrrad zur Arbeit fahren und nebenbei ihre kleinen Äcker bebauen, um sich weitgehend selbst versorgen zu können.

Noch immer führte Oma Friedericke bei uns den Haushalt. Dennoch war meine Mutter nach Feierabend sehr im Einsatz. Nicht selten ging es am Abend noch auf die Felder, und gerade zur Erntezeit war dies immer sehr schwer. Das Zusammenleben mit Friedericke war weiterhin nicht nur von Harmonie geprägt. Nachdem ihre Männer nicht mehr lebten, aber einige ihrer Kinder unterstützt werden mussten, als wären sie noch nicht erwachsen, und nach all dem, was ihr selbst widerfahren war, war sie doch sehr bestimmt in ihrem Handeln und verlangte von den anderen, dass sie sich einfügten.

So hatte sie auch mit Emma ihre Probleme, die eines Tages zu einem großen Streit, gar zu einer Machtprobe zwischen den beiden Frauen ausuferten. Emma erzählte die Vorkommnisse ihrem Mann Gustav, und wir wissen ja, dass er die jähzornigen Gene seines Vaters geerbt hatte, was in diesem Fall besonders tragisch war.

Er fackelte nicht lange und rannte die Stiege hoch in die Küche. „Lass mei Frau in Ruh! Hasch des g'herd?", schrie er, und seine Zornesader schwoll mächtig an.

„I lass mer vun derre nix sage", antwortete Friedericke und blickte ihren Sohn mit stechenden Augen an.

„Du alde Schachtel, du hasch se belaidigd. So e Wort wille nemme here. Du hasch do nix me zu sage. Halt in Zukunft die Lapp. Des isch mei Sach, was dohin bassiert!"

Während er schrie, schubste er Friedericke weg, nahm den Topf mit dem heißen Wasser vom Herd und schüttete es ohne Vorwarnung seiner Mutter über den Kopf.

Emma erschrak und versuchte, dazwischenzugehen, was ihr aber nur mit mäßigem Erfolg gelang.

Friedericke hielt sich vor Schmerz die Hände vors Gesicht. Ihr Körper brannte wie Feuer.

Emma nahm ihre Schwiegermutter am Arm und versuchte, ihr zu helfen, so gut es ging. Sie zog ihr die Schürze und das Kleid aus und kühlte die betroffenen Stellen mit kaltem Wasser. Zum Glück war das Wasser nur gut heiß gewesen und hatte nicht gekocht. Dennoch tat dies alles Emma sehr leid, das hatte sie eigentlich nicht gewollt. Gustav hatte die Küche bereits verlassen und war ins Wirtshaus gegangen.

Auch mich, seine Tochter Barbara, hatte er gut im Griff. Er gab ein paar Spielregeln aus, an die ich mich zu halten hatte, und dann ließ er mich in Ruhe. Die Regeln waren zum Beispiel: Wenn du schlechte Noten heimbringst, kannst du was erleben. Wenn du die Treppe hinunterhüpfst und hinfällst, anstatt anständig zu laufen, gibt es eine Tracht Prügel. Und so weiter. Er hatte mich so gut im Griff, dass ich schon beim ersten Blick von ihm wusste, dass es hier nicht weiterging. Einmal hatte ich diesen Punkt verpasst, und sein Jähzorn brach über mich herein. Er schlug zu, ohne anzuhalten und ohne sich selbst kontrollieren zu können. Es war so heftig, dass ich nie vergessen werde, dass ich mir vor Angst in die Hosen machte und dass sich meine Mutter mit all ihrer Kraft dazwischenwarf und ihn wegzog. In solchen Situationen war er nicht Herr über sein Handeln. So etwas ist mir in meiner Jugend insgesamt dreimal passiert.

Er fand es richtig gut, dass er die Macht besaß, andere einzuschüchtern, gegebenenfalls auch zuzugreifen, und dass er ihnen damit ihre Grenzen aufzeigen konnte. Auf lustigen Familienabenden berichtete er immer gerne darüber, wie er zum Beispiel von einem Mann im Gasthaus von der Seite angemacht worden war und er ihn dann verprügelte. Jahrzehnte später erklärte er uns immer, wie hart und unbeugsam er in seinen jungen Jahren gewesen sei. Als ob dies eine erstrebenswerte Eigenschaft gewesen wäre. Sein ganzes Umfeld hatte Angst und war darauf bedacht, ihm möglichst keinen Anlass zu liefern, der ihn wütend machen konnte. Uns war nicht danach, seinen Zorn zu verspüren.

Dann gab es aber noch eine andere Seite von ihm, eine Seite, die nicht unbedingt zu dem gerade beschriebenen Charakterzug passte. Er war ein einfühlsamer und ausdrucksstarker, auch sensibler Schauspieler auf der kleinen Theaterbühne des Dorfes – Eigenschaften, die überhaupt nicht zu einem so aggressiven Charakter passten, der gleich explodierte, wenn ihm etwas quer im Magen lag.

Gustav (links) auf der Theaterbühne
Weitere überraschende, positive Eigenschaften waren seine

Zuverlässigkeit und seine Loyalität. Wie alle Zimmermänner hat auch er unendlich viel gearbeitet, um seiner Familie etwas bieten zu können. Er hat uns immer beschützt. Niemand hätte sich erlauben dürfen, seiner Familie etwas anzutun oder sie unfair zu behandeln. Er hätte ohne zu zögern eingegriffen. Auch hat er uns, wann immer es möglich war, unsere Wünsche erfüllt – in dem kleinen Rahmen, den ihm die damalige Zeit bot. Aber dies alles immer mit den nur sehr sparsamen Gefühlen, die in ihm schlummerten. Er hatte nichts anderes gesehen und nichts anderes kennengelernt.

Wie schon seit Jahrzehnten wurde immer noch beim Großbauern in der Nähe mitgearbeitet, um sich so die Nutzung eines Pferdes und landwirtschaftlicher Geräte zu sichern. Ganz oft durfte ich mit Friedericke während der Tabakernte mit zum Nachbarn gehen. Viele Frauen saßen auf Strohbällen in der Scheune und fädelten unentwegt Tabak auf[17]. Und ich war ganz stolz, dass ich auch auffädeln durfte. Am besten gefielen mir die Pausen, in denen es große Bauernbrote gab, die mit Butter und Marmelade beschmiert waren. Anderswo schmeckte es eben immer etwas besser als zu Hause.

Oma Friedericke war ja weiterhin tagsüber meine Bezugsperson, sofern sie nicht gerade auf den Feldern unter-

---

[17] Man fädelte den Tabak auf mit Hilfe einer Tabaknadel, einer 20 bis 25 cm langen Nadel, die man im Eisenwarengeschäft kaufen konnte. Ein Blatt wurde mit der Rippe nach oben durch den Rippenrücken durchgestochen und so auf die Nadel genommen. Auf diese Weise wurde ein Blatt nach dem anderen aufgefädelt und im Abstand von drei bis vier Fingerbreiten zum vorherigen Blatt auf das Garn geschoben. Der Abstand zwischen den Blättern musste so groß sein, damit die Luft zwischen den Blättern durchziehen und kein Schimmel entstehen konnte. Zum Aufhängen wurde Tabakgarn verwendet.

wegs war. So hielt ich mich, während meine Mutter bei der Arbeit war, hauptsächlich in ihrer Stube auf. Sie erzählte mir gelegentlich ein wenig von ihren Kindern, vor allem von denen, die sie viele Jahre nicht mehr gesehen hatte. Und sie erzählte auch von ihren Zweifeln bezüglich ihres Sohnes Emil, der, seit sie Gustav das Haus gegeben hatte, nie mehr wiedergekommen war, obwohl er seinen Anteil bekommen hatte.

Friedericke war eine fromme Frau, die sich jeden Tag mit der Bibel beschäftigte und auch mir ganz viele Gleichnisse und Geschichten vorlas. Trotzdem war ihr Verhältnis zu Emma immer ein wenig distanziert. Dieser Abstand zwischen den beiden Frauen wurde auch durch die Art und Weise deutlich, wie sie miteinander sprachen. Meine Mutter sprach Friedericke zum Beispiel nicht mit „du" an, sondern mit „ihr". So sagte sie: „ihr hend" (ihr habt) oder „ihr machd" (ihr macht).

Eine weitere Geschichte, die das Verhältnis der beiden Frauen deutlich macht, ist die folgende: Sonntags wurde immer etwas länger geschlafen, etwa bis sieben oder halb acht – sofern man das überhaupt als länger bezeichnen konnte. Mit Ausnahme von Oma Friedericke natürlich, die so etwas nicht kannte und auch nicht pflegte.

Es war ein Sommertag, und die Fenster im Schlafzimmer meiner Eltern standen weit auf. Unten auf dem Hof befanden sich die Hasenställe. Wie bereits erwähnt, hatte mein Vater viele Hasen, die er selbst züchtete, um regelmäßig einen Braten zu haben. Friedericke verstand nicht, warum alle noch im Bett lagen, wo es doch auch am Sonntag so viel zu tun gab. Emma und Gustav deswegen direkt anzumeckern, traute sie sich nun doch nicht – denken wir nur einmal an den heißen Wassertopf. Also stellte sie sich vor den Hasenstall und fing an, ganz laut mit den Tieren zu sprechen: „Ihr arme Häslen, ge, ihr habt Hunger und kriegd nix. Oh, ihr arme Häslen! Ge, s'kummd niemand und gibd eich jetzt was!"

Ihre lauten Worte drangen natürlich durch das offene Fenster herein und sorgten dafür, dass alle aufwachten. Zum Glück nahm dies aber mein Vater einigermaßen gelassen hin und rastete nicht aus. Noch Jahrzehnte später sorgte diese Geschichte für Lacher auf den Familienfesten.

Einmal in der Woche wurde auch Brot gebacken. Dazu lieferte man seine Brotkörbe mit dem gegangenen Teig beim Bäcker ab, der nur ein paar Häuser von unserem entfernt war.

In diesem Zusammenhang denke ich an das alte Haus gegenüber, bevor die Bäckerei und der Lebensmittelladen dort neu gebaut wurden. Ich erinnere mich, dass hinter einem der Fenster ein Mann lebte, der mir Angst machte. Wir haben ihn als Kinder gefürchtet und als Unheimlichen und Verrückten eingestuft. Wenn es dunkel war und wir an dem Haus vorbei mussten, sind wir gerannt. Ich glaube, es war nur ein behinderter Mensch, der damals von seiner Familie im Haus behalten wurde. Behinderte wurde gerne versteckt.

Wenn ich heute darüber nachdenke, komme ich zu dem Schluss, dass in dem kleinen Dorf eigentlich ziemlich viel los war. Es gab überhaupt keine Langeweile. Neben Theater und Kino war auch das Vereinsleben ein wichtiger Bestandteil des Dorflebens.
Wir hatten sogar einen Zirkus, und in der Bachstraße standen gelegentlich die Elefanten vor dem Haus.

Ich weiß noch, wie die großen Tiere hintereinander herliefen, und es sprach auch mächtiger Stolz aus den Berichten und Erzählungen, dass solch eine Attraktion ihre Heimat in unserem Dorf hatte. Die Familie Holzmüller[18] bzw. der Zirkus Holzmüller sind mir aus meiner Erinnerung sehr geläufig.

Quelle: Buch „1200 Jahre Oberöwisheim"

---

[18] Die Holzmüllers sind ein ganz altes Zirkusgeschlecht. Diese Kunstreiterfamilie kann ihre Existenz bis in das 18. Jahrhundert hinein urkundlich nachweisen. Josef Holzmüller stammte aus Oberöwisheim und gründete schon 1824 den ersten Zirkus (Zitat aus dem Buch „1200 Jahre Oberöwisheim", Beitrag von Ing. Walter Utry, Neureut, Seite 309).

Werbeplakat für den Zirkus Holzmüller

Meine Familie hat mir natürlich die Geschichte des Bäckergesellen Johann Holzmüller erzählt.[19] Die Einzelheiten hatte ich schon vergessen, bis ich das Buch zum Jubiläum des Dorfes las, das mir sehr dabei half, in die Vergangenheit einzutauchen und einiges wieder in die Erinnerung zurückzuholen.

Quelle: Buch „1200 Jahre Oberöwisheim"

---

[19] Um 1824 wanderte der in Oberöwisheim geborene Bäckergeselle Johann Holzmüller, wie es damals üblich war, durch die Lande. Auf einer Kirmesfeier in Holland wurde der „stärkste Mann Europas" als Attraktion vorgestellt. Fünf Gulden waren ausgelobt, und dem jungen Mann juckte es in den Fingern. Er bezwang den „stärksten Mann Europas" und fand eine Anstellung als Kraftathlet. Nach einigen Jahren heiratete er die Tochter eines Schauspielers und gründete eine eigene Kunstreitertruppe (Zitat aus dem Buch „1200 Jahre Oberöwisheim", Beitrag von Paul Kühn, Seite 307).

Anzeigen des Zirkus Holzmüller in einer
Karlsruher Tageszeitung

Quelle: Buch „1200 Jahre Oberöwisheim"

Der Zirkus Holzmüller für Werbezwecke in England

In unserer Küche, die der Mittelpunkt der Wohnung war,
weil wir kein Wohnzimmer hatten, stand ein Radio. Jeden
Donnerstag hörten wir die Schlagerparade, und gespannt
warteten wir, wer in dieser Woche gewonnen hatte. Ganz oft
war Freddy Quinn dabei mit seinen Seemannsliedern, die
meine Mutter so liebte.

Ende der fünfziger Jahre war dann schon die Rede von
einem Fernseher, und es wurde überlegt, ob und wann man
sich selbst ein Gerät leisten konnte. Bis es allerdings so weit
war, ging man zu wenigen Anlässen ins Gasthaus, wo auf
einem Regal ein Fernseher stand.

Zwei Ereignisse haben sich im Zusammenhang mit dem
Fernsehen in meinem Kopf eingenistet, und diese habe ich
auch niemals vergessen. Das eine war die Sendung „Mainz,
wie es singt und lacht" an diesem einen Freitagabend zur
Faschingszeit. Und das deshalb, weil diese immer bis Mitter-

nacht ging und ich aufbleiben durfte. Einmal aber bekam ich am nächsten Tag in der Schule Nasenbluten. Mein Lehrer zog mich an den Haaren, weil er meinte, dass das lange Aufbleiben und das Sitzen im Gasthaus schuld daran seien, dass es mir nicht gutging. Er selbst war angewidert von dem Faschingsgetöse und fand, dass Kinder früh ins Bett gehörten. Es war schrecklich, vor allen anderen so angemacht zu werden.

Das zweite große Ereignis war der Bau der Berliner Mauer. Während sich die Erwachsenen im Gasthaus darüber unterhielten, starrte ich die ganze Zeit auf den Fernseher, wo Willy Brand immer vom „Eisernen Vorhang" sprach, der eingerissen werden müsse. Was für ein Vorhang? Ein Vorhang musste doch nur weggeschoben werden. Und auch die Formulierungen, die das Ende und das sofortige Abrücken forderten, klangen, als ob es gleich vorbei sein würde. Dann sah ich wieder die weinenden Menschen, die mit ihren Taschentüchern winkten. Die Tragweite dessen, was da passierte, habe ich aber zu der Zeit noch nicht verstanden.

Etwas später zog der Fernseher vermehrt auch in die Privathaushalte ein, zunächst mit einem einzigen Programm in Schwarz-Weiß. Ärmere Familien wie wir konnten sich einen Fernseher mieten. Dieser war mit einem Automaten versehen, in den man eine Mark einwerfen konnte, worauf der Fernseher dann für eine bestimmte Zeit lief. Irgendwann hatte man aber genug davon, immer unterbrochen zu werden, um wieder Geld nachzuwerfen, und kaufte sich dann doch ein eigenes Gerät. Der Fernseher war damals in einem Schrank mit Türen untergebracht, die allabendlich geöffnet wurden. Ein kleines Wunderwerk, dass man Menschen im Zimmer haben konnte, die in Wirklichkeit ganz weit weg waren. Bewusst hängengeblieben ist bei mir die Familie Hesselbach. Ich las immer fleißig den Abspann mit und wunderte mich, dass Herr oder Frau „Regie" immer mitspielte. Als ich mich einmal meinen Eltern gegenüber in dieser Richtung äußerte, lachte mich mein Vater Gustav aus.

Ein weiteres persönliches Erlebnis, an das ich mich gut erinnern kann – wahrscheinlich weil es ungewöhnlich war, war der Einzug von Pfarrer Liebig ins Pfarrhaus.[20]

Soweit ich das noch weiß, kam er nicht mit einem riesigen Möbelwagen aus der „Ostzone", es musste wenig bis nichts gewesen sein, was er und seine Familie besaßen. Noch heute sehe ich vor mir die unglaubliche Welle der Hilfsbereitschaft, die ihm von Seiten der Dörfler entgegenschlug. Die Leute pilgerten regelrecht mit Körben, Handwagen und Leiterwagen zum Pfarrhaus und brachten Möbel, Geschirr, Wäsche, Lebensmittel und alles, was ein Haushalt braucht. Der Platz vor dem Pfarrhaus stand voll und erleichterte der Familie das Ankommen in der Gemeinde.

Ich mochte Pfarrer Liebig sehr. Er war es auch, der Kontaktadressen mitbrachte und an hilfsbereite Dörfler verteilte. Meine Mutter ließ sich auch eine geben. Und so wurde alle paar Monate ein Päckchen mit Lebensmitteln und anderen Dingen gepackt und in die „Zone" geschickt.

---

[20] Seit 1957 wirkte Gustav Adolf Liebrich als evangelischer Pfarrer in Oberöwisheim. Er stammte aus Thüringen (Zitat aus dem Buch „1200 Jahre Oberöwisheim", Beitrag von Anton Schneider, Seite 247).

Quelle: Buch „1200 Jahre Oberöwisheim"

Evangelische Kirche Oberöwisheim

Diese Kirche ist eine alte Liebe von mir, und ich war später ganz traurig, als es sie nicht mehr gab, denn sie wurde erneuert. In der alten Kirche habe ich meine Kindergottesdienste, später meine Konfirmation und natürlich alle Festtage gefeiert. Grundsätzlich war es ja so, dass es am Sonntag immer zum Gottesdienst in die Kirche ging.

Selbst die Hausfrauen hatten sich darauf eingestellt und den Sonntagsbraten, samt Beilagen so vorbereitet, dass es nach dem Kirchgang pünktlich um Zwölf auf dem Tisch stand. Und das Familienoberhaupt überbrückte die Zeit sitzend am Stammtisch beim Frühschoppen.
Der alte Kirchturm war mir immer ein Lebensbegleiter, weil ich gleich nebenan im Kindergarten den Schwestern half und stets sein Glockengeläut ganz nah miterleben durfte.

Heute hängt er bei mir an der Wand und wird täglich gegrüßt.

Evangelische Kirche Oberöwisheim

In meiner Erinnerung stark verhaftet ist auch meine Tante
Sofie mit ihrem Mann Raymond und ihren drei Söhnen. Zu
ihr hatte ich eine sehr starke Bindung, die ein Leben lang
halten sollte. Sie kamen regelmäßig aus dem Elsass zu Besuch und brachten viele Dinge wie Schokolade und Kaffee
mit, die von uns als kleine Luxusgüter sehnlichst erwartet
und geliebt wurden.

Trotz der Unstimmigkeiten gleich nach dem Krieg hatten
Sofie und Gustav eigentlich ein gutes Verhältnis, und auch
Emma war gerne gesehen, sodass die Familientreffen eini-
germaßen harmonisch abliefen. Wenn Sofie kam, ging es

immer überschwänglich zu. Sie stieg aus dem Auto, trat auf Friedericke zu, umarmte sie und sagte in dem elsässischen Dialekt, den sie mittlerweile angenommen hatte: „Ich bsöich hit minne Müedr."[21]

„Schwätz ned so gschwolle", antwortete Gustav.

Sofie ging nicht darauf ein. „Geschd war's kalt drüsse. Hid geht's!"[22]

„Du wersch ned verfrore sei", lachte Gustav.

„Remo, hol mol minne Dasche mit denne scheeni Sache, di e mitbrocht han."[23]

Raymond befolgte mit einem Lachen die Anweisungen seiner Frau, und ihre drei Jungen waren schon auf dem Hof unterwegs.

Diese Besuche beinhalteten mindestens eine Übernachtung. Für heutige Verhältnisse ist es unvorstellbar, dass wir zu fünft oder sechst in Gustavs und Emmas Ehebett schliefen. Dies war auch umgekehrt so, wenn wir in Straßburg waren. Da teilte man ohne Probleme und ohne Scham mit seinen Gästen das Bett.

Auch in den meisten Ferien durfte ich nach Straßburg, sodass dort schon so etwas wie ein zweites Zuhause für mich war.

Wie ich bereits berichtete, hat Tante Sofie ja die französische Sprache nicht sprechen und vor allen Dingen nicht lesen gelernt. Allerdings hat sie im Laufe der Zeit einige französische Wörter in ihren Sprachgebrauch aufgenommen und konnte vieles verstehen. Zum Beispiel rief sie uns immer

---

[21] Ich besuche heute meine Mutter.

[22] Gestern war es kalt draußen. Heute geht es.

[23] Hol einmal meine Tasche mit den schönen Sachen, die ich mitgebracht habe.

mit „manger" zum Essen, und wenn wir leise sein sollten, ermahnte sie uns mit „doucement".

Ein Schlaraffenland war für uns immer der Coop (Konsum), der einen langen Bedienungstresen aus Holz hatte, hinter dem emsige Verkäuferinnen damit beschäftigt waren, die gewünschten Waren herbeizutragen. Dort wurden immer so viele Lebensmittel gekauft, wie ich es von zu Hause nicht kannte. Wir waren ja fast Selbstversorger, da blieb nicht mehr viel, das zugekauft werden musste.

Ein bleibendes Erlebnis war, dass mich einmal meine Tante Sofie während eines Ferienaufenthalts über die Rheinbrücke nach Kehl schickte. Ich sollte ihr im Kaufhaus Schneider einen kleinen Artikel aus der Haushaltswarenabteilung kaufen. Es handelte sich um ein Sieb, das in Deutschland nur wenige Mark kostete, in Frankreich aber einiges mehr.

Hierbei muss man wissen, dass die Grenzen besetzt und kontrolliert wurden. Auf dem Rückweg nach Straßburg legte ich meinen Kinderausweis vor, und der Zöllner forderte mich auf, meine Tasche zu öffnen. Als er meinen Einkauf sah, blickte er mich lange an: „Wo gehst du hin? Und woher hast du das Sieb?"

„Ich gehe zu meiner Tante, und das Sieb sollte ich bei Schneider für sie einkaufen."

„Soso, du darfst aber nicht schmuggeln. Das ist verboten. Und woher soll ich wissen, dass du tatsächlich zu deiner Tante gehst und nicht lügst?"

Mein Herz klopfte bis zum Hals. Ich sah mich schon als Schmugglerin hinter Gittern.

„Sie wohnt gleich hinter der Rheinbrücke an den Bahnlinien. Ich habe nichts geschmuggelt. Ich habe doch alles hier in meiner Tasche."

Der Zöllner schob seine Mütze nach hinten. „Eigentlich sollte ich dich hierbehalten. Aber deine Tante macht sich bestimmt Sorgen. Ich will dich hier nicht mehr alleine sehen und auch nichts mehr vom Kaufhaus Schneider, verstanden?"

Ich nickte nur und machte mich mit weichen Knien weiter auf den Weg.

Als ich bei Tante Sofie ankam, stand schon das Mittagessen auf dem Tisch. Ich erzählte von meinem Erlebnis, und alle lachten und konnten es gar nicht verstehen. Mich ärgerte das, denn die Jungen machten sich lustig über mich.

Nach dem Essen legte sich Onkel Raymond ins Kinderzimmer auf das große Bett, das mit einer Tagesdecke abgedeckt war. Wie jeden Tag trug er eine Latzhose, die ihn als Tankwagenfahrer vor den Benzintropfen schützte. Er lag da, genoss seine Mittagspause und rauchte eine Zigarre. Neben ihm stand ein großer Pott mit Kaffee. Er war ein stets lächelnder Gemütsmensch, den überhaupt nichts aus der Ruhe bringen konnte. Manchmal tobten wir zu viert herum, einer meiner Cousins spielte dazu noch auf einem Musikinstrument und mein Onkel selbst hörte Radio. Diese stoische Ruhe war bewundernswert. Sie war es auch, die ihm sein Hobby als Angler erst möglich machte. So konnte er einen ganzen langen Tag im Wasser stehen und die Angel im Auge behalten, ohne auch nur ein Wort zu reden. Im Mundwinkel hatte er dabei immer eine Gauloise. Selbst bei uns in Deutschland hatte er einen Anglerschein für einen See. Meiner Mutter graute immer davor, wenn er einen ganzen Eimer Backfische mitbrachte, die zwar gut schmeckten und gerne gegessen wurden. Doch es war immer eine Heidenarbeit, die kleinen Fische auszunehmen.

Alle paar Jahre kam meine Tante Emilie aus Österreich zu Besuch. Auch sie hatte ein ziemlich entspanntes Verhältnis zu ihrem Bruder Gustav und zu ihrer Mutter Friedericke. Die Drei symbolisierten ein bisschen die heile Welt, ein wenig normales Familienleben, soweit man das sagen konnte.

Alles in allem war es eine wunderbare, schöne Zeit mit Petticoats, Hula-Hoop-Reifen und Liedern, die von der Ferne erzählten.

Mittlerweile war die Familie im Erdgeschoss des alten Elternhauses ausgezogen, und Gustav hatte den unteren Hausteil dazugekauft. Nun wollte er irgendwann die Scheune abreißen und ein neues Haus neben das alte bauen. Zunächst aber ruhte diese Idee.

Friedericke hatte eine für mich seltsame Krankheit, die in Abständen zwei- bis dreimal im Jahr auftrat und mir oft Angst machte. In der Regel geschah dies mitten in der Nacht. Plötzlich rumpelte es ganz fürchterlich auf den Dielen, und wir waren rasch wach und wussten, Oma hat wieder einen „Anfall". Es war ein Anfall ohne Namen. Dieser Anfall kam ganz schnell, während sie im Bett lag. Dabei versteifte sich ihr Körper bretthart, und sie schlug mit geballten Fäusten auf das Bett ein. Ihr Körper schnellte auf und ab, was zur Folge hatte, dass sie aus dem Bett fiel. Wir mussten sie dann wieder aufheben und ins Bett legen. Heute sehen wir solche steifen Körper bei Hypnose-Vorführungen. Diese Ohnmacht dauerte generell einige Stunden, oft bis zum Morgen des nächsten Tages. Ohnmacht nenne ich es deshalb, weil Friedericke später keinerlei Erinnerungen daran hatte.

Eines Tages brachte mein Vater eine Reihe von Möbelgurten mit, die er an den Seitenteilen des Bettes befestigte. So konnten wir ihr während eines Anfalls die Hände unter die Gurte legen, sie sozusagen anbinden. Dies hört sich zwar schlimm an und erinnert an eine Zwangsjacke, aber so konnten wir wenigstens verhindern, dass sie sich wehtat und verletzte.

Am darauffolgenden Tag war sie immer schwach, hatte eine leise Stimme und war von der Attacke gezeichnet. Bis heute weiß ich nicht, was das wirklich war. Niemand sprach darüber, so etwas blieb in der Familie unausgesprochen.

Als ich in der siebten Klasse war, bekam mein Vater eine neue, sehr gut bezahlte Arbeit in einem Lebensmittelfilialbetrieb in Karlsruhe. Daraufhin suchten meine Eltern eine Wohnung und zogen nach Karlsruhe. Ich hingegen musste bei einer Tante meiner Mutter bleiben, bis ich die achte Klasse beendet hatte.

Bereits vorher wäre ich gerne auf eine höhere Schule, wie man damals sagte, gewechselt. Aber das war bei meinen Eltern kein Thema, weil es mit einer täglichen Bahnfahrt und anderem Aufwand einherging und dazu in ihren Augen auch noch unnötig war.

Mein Vater sagte zu mir: „En Beruf wird glernt. Mir isch's egal, was. Du fengsch was oh, und dann machsch's fertig. Wend wid, froge in meim Gschäft, dann kannsch Verkäuferin lerne."

Da ich ohnehin folgen musste und wusste, dass ich mir keine Zeit lassen durfte, zu überlegen, was ich tatsächlich wollte, und auch nicht die weiterführende Schule besuchen durfte, war mir das gleich.

„Kannsch froge, dann brauche ned lang suche", sagte ich.

So begann ich mit vierzehn Jahren eine Ausbildung zum Einzelhandelskaufmann. Die „Frau" in der Berufsbezeichnung schenkte man sich im Jahr 1964 noch.

Endlich durfte ich auch nach Karlsruhe und mein neues Zimmer beziehen. Es war eine einzige Enttäuschung und erinnerte mich an meine Kammer zu Hause, die ja auch als Vorratskammer gedient hatte. Das war zwar in dieser Wohnung nicht so, aber es war ein Durchgangszimmer, das ausgerechnet in die Küche führte. Ich war ein Teenager in der Ausbildung, und meine Mutter raste auch am Wochenende im Fünfminutentakt an meinem Bett vorbei, weil sie zwischen der Küche und dem Wohnzimmer ihre Wochenendputzaktion startete. Ich zog mir die Decke über den Kopf, denn der Lärm, auch der, den sie in der Küche mit ihren Töpfen veranstaltete, war unerträglich. Durch diese Situation hatte ich auch keinerlei Privatsphäre. Ich konnte mich nicht einmal umziehen, ohne Gefahr zu laufen, dass sich plötzlich die Tür öffnete. Das Wort Anklopfen kannte niemand.

Die Lebensmittelfiliale, in der ich ausgebildet wurde, war in zehn Minuten zu Fuß zu erreichen. So konnte ich in der Mittagspause nach Hause gehen.

Eines Tages sagte Herr Holzer, mein Chef, zu mir, dass ich nach der Berufsschule noch drei Stunden bis Feierabend arbeiten solle. Als ich das zu Hause erzählte, wurde mein Vater hellhörig. „Des musch ned mache. Der isch verpflichtet, dir nach de Schul freizugewwe."

Da stand er, mein Gustav, mit den gleichen stechenden Augen, wie sie Friedericke hatte, aber mit viel mehr Wut in der Stimme.

„Lass, des isch egal", antwortete ich. „I mach's. Alle Lehrlinge misse des mache."

Ich hätte wissen müssen, dass sein Schweigen nicht auf Einsicht beruhte.

Am nächsten Tag machte er sich auf zu meiner Arbeitsstelle, marschierte ins Büro von Herrn Holzer und schrie diesen sofort an: „Was isch los do? Was mache Sie? Des isch verbote. Mei Dochter ned, die geht nach de Schul hoim. Un wenn ned, dann lerne Sie me kenne. I heb Sie dann en Ihrer Krawatt!"

Sein Schreien hörte ich bis in den Keller, wo ich gerade Obst verpackte, und wusste gar nicht, ob und wie ich das hätte verhindern können. Er behandelte Herrn Holzer wie einen Untertanen.

Mittlerweile hatte ich mich die Treppe zur Hälfte nach oben geschlichen und hörte, wie er die wenigen Stufen des Büros im hinteren Teil des Ladens hinunterlief und das Geschäft verließ.

Um Gottes willen, war das peinlich. Ich schämte mich für meinen Vater. Er hatte dies ohne mein Wissen getan, und ich machte mir Sorgen um die Auswirkungen.

Herr Holzer sagte zunächst gar nichts zu mir. Kurz nach halb sieben, also eine halbe Stunde vor Ladenschluss, war ich gerade dabei, den Laden aufzuwischen. Dies gehörte zu meinen Aufgaben, und da ich den Spruch „Lehrjahre sind keine Herrenjahre" kannte, nahm ich es so hin, wie es war, nämlich als Selbstverständlichkeit. Plötzlich kam Herr Holzer um die Ecke des Regals und sagte: „Du kannst nach Hause gehen, du hast Feierabend, damit du keine Überstunden mehr ansammelst. Das ist nämlich verboten. Deine Kollegen machen die Arbeit zu Ende."

Ich lief rot an und schlich mich wie ein begossener Pudel davon. Wie sollte ich das jetzt nur jeden Tag aushalten? Was würden die anderen über mich denken? Ich war ja noch nicht so lange dabei.

Zu Hause sagte ich zunächst nichts zu den Vorkommnissen. Mein Vater fing alleine davon an und erzählte voller Begeisterung, wie er den Filialleiter rundgemacht und gezwungen habe, sich an die Regeln zu halten. Meine Mutter schüttelte zwar den Kopf, aber sie traute sich auch nicht, etwas zu sagen. Widerspruch hätte ihn nur gereizt, und wahrscheinlich hätte sie sich dann eine verbale Abreibung abgeholt, worauf wir alle verzichten konnten. Mittlerweile arbeitete sie auch in diesem Betrieb. Sie hatte ohne Berufsausbildung einen Arbeitsplatz im Büro der Verkaufsabteilung bekommen und war stolz auf diesen kleinen beruflichen Aufstieg von der Fabrikarbeiterin zur Sachbearbeiterin. Die Aktion ihres Ehemanns, der ja auch auf dem Gelände in der

Fleischzerlegerei arbeitete, würde sich ja nun wohl schnell herumsprechen. Hier kannte jeder jeden, obwohl das Unternehmen so groß war.

Auf jeden Fall fasste ich mir ein Herz und ging am nächsten Tag ins Büro von Herrn Holzer.

„Ich entschuldige mich für meinen Vater", sagte ich. „Ich hatte ihm das nur erzählt, weil ich sagen muss, wenn ich später nach Hause komme. Ich möchte meine Arbeit machen wie alle anderen auch."

Herr Holzer schaute mich eine ganze Weile an, dann nickte er. Er ahnte wohl, dass ich auf das, was mein Vater da veranstaltet hatte, keinen Einfluss hatte.

„In Ordnung, aber nach der Schule brauchst du nicht mehr zu kommen. Da hat dein Vater schon Recht. Wir waren nur personell etwas eng, aber das bekommen wir schon hin. Geh wieder an deine Arbeit."

Ich war erleichtert. Das war gerade noch einmal gutgegangen.

In der darauffolgenden Zeit wurde ich aber doch etwas unzufrieden. Die Arbeiten, die ich machen durfte und musste, waren nicht das, was mich zufriedenstellte. Das Höchste für eine Verkäuferin war, an den neuzeitlichen Kassen als Kassiererin arbeiten zu dürfen. Aber dort waren nur die langjährigen Mitarbeiterinnen eingesetzt. Denen blieb das Kistenschleppen zwar nicht ganz erspart, aber sie hatten weit weniger solcher Einsätze als wir Nachwuchskräfte. Und sie mussten auch keine Pfandflaschen sortieren. Ich wusste nur nicht, wie ich es gleich im ersten Lehrjahr schaffen sollte, in die Kassenbox hineinzukommen.

Da kam mir der Zufall zur Hilfe. Es war meine erste bewusste Begegnung mit dem Zufall, und ich bedankte mich anschließend bei ihm. Es fiel nämlich der Strom aus, und die Schlangen an den Kassen wurden immer länger, weil um diese Zeit alle Berufstätigen ihren Einkauf erledigten. Man holte die alte Kurbel aus dem Lager, die für genau solche Notfälle bereitgelegt war. Ich durfte mich neben die Kassiererin stellen und die Kurbel drehen, während sie eintippte. Und weil eine Kollegin Feierabend hatte und ihren Zug erreichen musste, fragte mich der Chef, ob ich mir das auch zutrauen würde. Von diesem Tag an war ich Kassiererin. Es erfüllte mich mit Stolz, dies gleich im ersten Halbjahr meiner Ausbildung geschafft zu haben.

Anders erging es mir jedoch privat. Mein Vater hatte seine Baupläne in Angriff genommen und die Scheune abgerissen. Von nun an ging es darum, die Pläne zu erstellen und Vorbereitungen für ein neues Haus zu treffen. Deshalb legte er fest, dass ich mein Gehalt abzugeben hatte und mit wenig Taschengeld zurechtkommen musste. Er meinte, er werde das alles aufschreiben und später beim Erbe berücksichtigen. Keine schönen Aussichten für ein junges Mädchen, das Träume hatte. Von der neuen Freundin eines Cousins meiner Mutter bekam ich deren abgelegte Kleider, darunter war auch ein stockhässlicher Anorak, den ich nie vergessen werde. Mir blieb nichts anderes übrig, als ihn zu tragen, und so musste ich das Gelächter in der Berufsschule aushalten.

Doch eines Tages hatte ich genug davon und wollte das nicht mehr. Meiner Freundin Rosel erzählte ich meine Pläne. Sie hielt mich mal für mutig und mal für verrückt. Und dann schlug ich zu. Genau am Ersten gab es die Lohntüte mit dem Gehaltsstreifen, ich bekam hundert Mark abzüglich ein paar Abgaben. Ich nahm das Geld, setzte mich in die Straßenbahn und fuhr zu C&A in der Kaiserstraße. Innerhalb kürzester Zeit gab ich mein ganzes Monatsgehalt für neue Klamotten aus. Auf der Rückfahrt wurde mir dann doch mulmig, aber ich redete mir ein, dass ich im Recht sei, weil es sich um den Lohn meiner Arbeit handelte.

Am Abend saßen wir dann im Wohnzimmer, und meine

Mutter machte kleine Geldhäufchen für die Zahlungen, die fällig waren. Es wurde nur mit Bargeld gearbeitet. Nicht jeder hatte für die laufenden Zahlungen schon ein Bankkonto, und deshalb bediente man sich der blauen oder roten Zahlkarte von der Post. Die blaue war dazu da, auf Bankkonten von Firmen und Behörden (Strom, Versicherungen usw.) einzuzahlen, und für private Dinge nahm man die rote Karte, da brachte der Briefträger das Geld direkt nach Hause.

Irgendwann blickten sie mich an und warteten auf meine Tüte.

„I hab koi Geld me", sagte ich ziemlich ruhig, als ob es ganz normal wäre, obwohl ich innerlich zitterte wie Espenlaub.

Meiner Mutter fiel der Stift aus der Hand. Das war ja alles genau ausgerechnet und verplant. „Wie, du hasch koi Geld me?", fragte sie.

„Ha, weile beim C&A war und einkafft hab."

„Un jetzt?", rief sie. „I muss die Rechnungen zahle!"

Mein Vater saß da und schaute mich an. Seine Augen standen auf Sturm. Noch raste er aber nicht von seinem Platz hoch, noch saß er, was mich schon verwunderte.

„Die lache me alle aus mit denne alde Glamodde, des gehd ned. Des isch mei Geld und koin Kredit fers Haus!", erklärte ich ihnen.

Er schien zu merken, dass es nicht nur reiner Leichtsinn gewesen war. Auch wenn er seine Gefühle so gut wie nicht zeigen konnte, wünschte er sich schon gelegentlich auch, gemocht zu werden.

„Naja, s'werd scho geh", sagte er.

Ich blickte an ihm vorbei auf den Tisch.

Meine Mutter sah ihn an, als komme er von einem anderen Stern. Sie schimpfte und schimpfte, weil ich das einfach gemacht und nicht vorher gefragt hatte. Aber sie hätte ja doch Nein gesagt. Der Haussegen hing auf jeden Fall schief. Und es war für mich eine Lehre. Dennoch war mein Geld für die nächste Zeit natürlich wieder weg.

Beim nächsten betriebsinternen Unterricht zu Beginn des zweiten Lehrjahres kam der Personalchef in unsere Klasse. Er erzählte, dass sie Mitarbeiter für das Rechenzentrum suchen würden und dass man auch dort die Ausbildung weitermachen könne. Das war etwas, das mich sehr interessierte. Ich hätte einen Bürojob, hätte viel früher Feierabend und müsste samstags nicht mehr arbeiten. Ich besprach es mit meiner Mutter, die schon einmal solch ein Rechenzentrum gesehen hatte. Dort standen große Maschinen, die die Eingaben, die man machte, in die Lochkarten stanzten, sodass die großen Rechencomputer die Daten übernehmen konnten.

Mutig bewarb ich mich für eine der Stellen und bekam diese auch. Herr Holzer, mein Chef im Laden, bedauerte meine Entscheidung, aber ich fragte ihn gleich, ob ich abends nach Feierabend und samstags arbeiten könne, um mir ein wenig zusätzliches Geld zu verdienen. Er sagte zu, und das gleich mit fünf Mark die Stunde. Ich war zufrieden. So wurde ich nicht für die Arbeit zu Hause eingeteilt und konnte mir die Dinge leisten, die ich mir wünschte. Aber es war auch der erste Schritt, um mich in die Riege der Zimmermann-Frauen, die viel arbeiteten, einzureihen.

Das Erste, das ich mir gönnte, war ein bordeauxrotes Kofferradio von Grundig. Mit diesem Radio im Arm, voll aufgedreht, standen wir am Treffpunkt der Jugendlichen und hörten die Beatles, die Stones und auch die deutschen Schlager. Meinem Vater war das ein richtiger Dorn im Auge.

Es war auch die Zeit, in der die Jeanswelle aus Amerika heranrollte, in den Arbeiterhaushalten allerdings mit etwas Verspätung. Natürlich wollte ich auch eine haben. Aber mein Vater sagte zu mir: „Die Flutlings[24] kumme mir ned ins Haus. Des sin jo Arbeiterhose. Do kannsch glei e Latzhos vum Bau ahziege." Und damit war das Thema durch. Er duldete keinen Widerspruch.

Schlimm war auch dieser Zwang, um acht Uhr zu Hause sein zu müssen, obwohl ich schon siebzehn Jahre alt war. Aber damals wurde man erst mit einundzwanzig volljährig. Zu der Zeit lernte ich auch meinen ersten Freund Thomas kennen. Das Schöne war, dass meine Freundin Rosel sich für Thomas' Freund Karlheinz interessierte, und so waren wir ein Quartett, das sich gut verstand. Das größte Problem von uns Mädels war, dass wir so früh nach Hause mussten, und die beiden Kerle lachten sich darüber schräg, konnten sie doch ganz locker mit uns ins Eiscafé gehen und einen Sonnenschein[25] spendieren, an dem wir stundenlang sitzen konnten. Aber danach, wenn wir weg waren, ging es für die beiden erst einmal auf die Piste.

Es war trotz allem eine wunderbare, schöne Zeit.

Mit seinen Bauplänen kam mein Vater ins Stocken. Die Gemeinde machte Auflagen. Auf dem Platz der abgerissenen Scheune durfte nicht gebaut werden, solange das alte Haus existierte. Damit wollte man zwei Häuser auf einem Grundstück vermeiden. Diese Auflage der Gemeinde brachte alles zum Ruhen, weil mein Vater geplant hatte, ins alte Haus einziehen zu können, bis das neue fertig war. Und dann war

---

[24] Blue Jeans
[25] Sinalco (Orangenlimonade) gemixt mit Eierlikör

da ja auch noch Friedericke, die im alten Haus ein lebenslanges Wohnrecht hatte. Keine Bank hätte das neue Haus finanziert, wenn das alte nicht abgerissen werden durfte, weil die Oma ja das Recht hatte, dort zu wohnen.

Nach langem Hin und Her hatte Gustav Friedericke davon überzeugt, die alten Stallungen zu einer Küche, Stube und Toilette umzubauen. Wir hatten aber alle ein etwas mulmiges Gefühl dabei, für uns war das einfach der Schweinestall, und Oma Friedericke hatte nichts im Schweinestall verloren, wenn er auch umgebaut war. Aber es wurde dann doch so gemacht. Friedericke hatte nur eine ganz kleine Rente, und davon konnte man wirklich nicht gut leben. Also wurde sie jedes Wochenende besucht und unterstützt. Das alte Haus wurde abgerissen und der Rohbau des neuen erstellt.

Danach war erst einmal wieder Pause mit dem Bauen. Denn Gustav hatte sich und die Familie zu diesem Zeitpunkt ohne Not in eine schwierige Situation gebracht, die nicht hätte sein müssen. Er hatte nämlich seit längerer Zeit beobachtet, wie zwei Vorgesetzte seiner Meinung nach privat gekauftes und rabattiertes Fleisch weiterverkauften und sich auf diese Weise ein Zusatzeinkommen organisierten. Manchmal glaubte er, dass sie sogar die Wiegezettel wegwarfen und gar nichts bezahlen mussten. Aber richtig beweisen konnte er das nicht. Weil er einen hohen Gerechtigkeitssinn hatte und natürlich auch gerne gesehen hätte, wie Vorgesetzte Federn lassen mussten, überlegte er sich, sein Wissen der Geschäftsleitung in einem anonymen Schreiben mitzuteilen. Mir befahl er, diesen einen bedeutsamen Satz auf der Schreibmaschine zu tippen. Meine Mutter und ich wehrten uns mit allen Mitteln dagegen. Wir arbeiteten beide dort und wollten nicht den Ast absägen, auf dem wir saßen.

„Geh doch noh zum Personalchef und sag's, was denksch. Des kannsch ned hinnerum mache. Du waisch's doch a ned genau", versuchte meine Mutter, das Unweigerliche zu verhindern.

Aber sein Starrkopf ließ das nicht zu. Er war sich seiner Sache sicher, aber wenn die beiden das abstreiten würden, hätte er sich in die Nesseln gesetzt, und das wollte er verhindern. Abgesehen davon, dass er vehement die Meinung vertrat, dass man so etwas einfach nicht tut.

Und so kam es, wie es kommen musste. Die Lawine rollte über die Abteilungen hinweg, und wie es kam, dass man ihn als Urheber des anonymen Schreibens ausfindig machte, weiß ich nicht mehr. Aber er verließ die Firma, weil man es ihm angeraten hatte, und meine Mutter musste ebenfalls gehen, weil er das so wollte. Ich dagegen hielt aus, da ich mittlerweile im Obst- und Gemüsebestellcenter der Filialen arbeitete und in der Halle weit weg von den Verwaltungsbüros war. Aber wohlgefühlt habe ich mich nicht mehr. Das Gefühl, dass man mich von der Seite ansah, wurde ich nicht los. Es war wohl auch so.

Für meine Mutter brach eine Welt zusammen, die sie sich als nette Kollegin im Büro ganz alleine aufgebaut hatte. Gustav behandelte sie, als hätte sie Schuld und nicht er. Hinzu kam, dass er die letzten Jahre immer öfter für das Feierabendbier in die Kneipe ging und betrunken nach Hause kam. Da er im betrunkenen Zustand nicht ruhig war, sondern aggressiv, machte er es meiner Mutter sehr schwer. Letztendlich hatte sie von nun an das gleiche Leben wie früher Friedericke, mit Ausnahme der Feldarbeit.

Mit meinem Freund Thomas war das zunächst so eine Sache. Es lief alles wunderbar, ich lernte sogar seine Eltern Rudi und Marie kennen. Er hatte zwei Schwestern, die ältere war aber schon von zu Hause ausgezogen, sogar ganz weit weg, nach Berlin. Sein Vater arbeitete in einer Brauerei und seine Mutter als Reinigungskraft bei C&A, wo ich ja so gerne hinging.

Aus meiner Sicht war Thomas' Familie viel fröhlicher und heiterer als meine eigene, obwohl auch sie ein hartes, arbeitsreiches Leben führten. Ich erinnere mich, dass es ganz oft Geburtstagsfeiern bei den Geschwistern von Thomas' Vater gab. Diese waren legendär mit dem sogenannten „Haustrunk"[26] und heißer Fleischwurst mit Kartoffelsalat. Auch gab es regelmäßige Kollegenabende, auf denen es lustig zuging. Ich kannte das überhaupt nicht. Familienfeiern schon, da waren ja auch noch die Schwestern meiner Mutter, aber dort ging es eher etwas verhaltener zu.

Eines Tages wurde ich eingeladen, mit Thomas' Familie zu seiner Schwester nach Berlin zu fahren. Sein Vater packte den Kofferraum voll mit seinem „Haustrunk", Flasche für Flasche fein säuberlich in Zeitungspapier eingewickelt. Neben seinen Eltern und seiner kleinen Schwester hatten wir unser Gepäck und auch noch seine Tante Friedel im Auto. Wir saßen wie die Ölsardinen, und das Abenteuer begann.

Von der Ostzone hatte ich bis dahin ja nur gelegentlich im Fernsehen etwas gehört und über Berlin nur Widersprüchliches, was die politische Lage anging.

Es war eine insgesamt anstrengende Reise, und als wir an der Zonengrenze ankamen, wurde mir ganz anders. Ich weiß nicht, wie viele Stunden es an der Grenze dauerte. Wir mussten zunächst alle aussteigen und in einer Baracke die Reisepässe und Autopapiere abgeben. Je nach Lust und Laune dauerte das eben. Anschließend wurde das Auto fast leergeräumt, mit Spiegeln abgetastet und nach Herausgabe der Papiere über einen Seuchenteppich gefahren. Alles war so

---

[26] Mitarbeiterfreibier, das regelmäßig einmal die Woche frei Haus angeliefert wurde

bizarr, und die Gesichter der Vopos mit den kalten und starren Augen verbreiteten in mir Gänsehaut, bisweilen auch Angst. Erst Jahre später gab es Erleichterungen durch das Reiseabkommen mit der DDR.

Mich beeindruckte das alles schwer. Berlin auch, aber auf eine ganz andere Art und Weise. Thomas' Schwester Rosemarie wohnte mit ihrem Mann und ihrer Tochter in einer neuen Wohnsiedlung, der Gropiusstadt[27]. Ich hatte so etwas noch nie gesehen. So viele Hochhäuser und Häuser überhaupt und so schöne, moderne Wohnungen mit allem Komfort! Es war einfach ein Traum, so leben zu dürfen.

Und dann lernte ich in den nächsten Tagen eine faszinierende Stadt kennen. Den Kurfürstendamm mit dem Kaffee Kranzler und den bunten Hare-Krishna Mönchen, die auf dem Boulevard tanzten und Musik machten. Die vielen Menschen, die flanierten und ihre Lebensfreude genossen. Die ausgefallenen Kleider und Frisuren. Das alles passte überhaupt nicht zu unserem vergleichsweise dusteren, meist nur im Privaten gelebten Alltag.

Rosemaries Mann Jürgen zeigte uns die Stadt und die Mauer mit all ihren Begleiterscheinungen. Ein beeindru-

---

[27] Die Gropiusstadt ist ein Ortsteil im Berliner Bezirk Neukölln. Sie entstand von 1962 bis 1975 als Großwohnsiedlung zwischen den alten Siedlungen Britz, Buckow und Rudow. Seit 2002 ist Gropiusstadt neben Neukölln, Britz, Buckow und Rudow ein eigener Ortsteil im Bezirk Neukölln. Den Beschluss hierzu traf das zuständige Bezirksamt anlässlich des vierzigjährigen Jubiläums der Grundsteinlegung der Siedlung. Die rund 18.500 Wohnungen der von Walter Gropius geplanten Trabantenstadt wurden zu 90 Prozent als Sozialbauwohnungen errichtet. Seit den 1980er Jahren gilt die Gropiusstadt als sozialer Brennpunkt. Über Berlin hinaus bekannt geworden ist sie vor allem durch das Buch „Wir Kinder vom Bahnhof Zoo" und den Film „Christiane F. – Wir Kinder vom Bahnhof Zoo", dessen Protagonistin Christiane Felscherinow hier aufwuchs (Quelle: www.wikipedia.de).

ckendes Bauwerk, das einem eine Gänsehaut verschaffte. Trotzdem ließen es sich die Berliner nicht nehmen, ein lebenswertes Leben zu führen. Und was mir noch besonders auffiel: Sie liebten ihre Stadt und zeigten die besonderen Sehenswürdigkeiten voller Stolz. Ganz selbstverständlich lebten sie aber auch den Alltag mit all den Problemen und Schwierigkeiten einer eingemauerten Stadt.

Nie vergessen werde ich das Cheetah und das Riverboot, zwei Diskotheken, die pure Lebensfreude ausstrahlten. Und auch die vielen Einkaufsmöglichkeiten im nahen Umfeld waren etwas, das ich in dieser geballten Menge überhaupt nicht erwartet hatte. In diesen Tagen verliebte ich mich in diese Stadt und wünschte mir, hier leben zu dürfen.

Dann wurde Thomas zur Bundeswehr eingezogen. Und wie das so ist: An anderen Orten gibt es andere Mädchen. Es kam irgendwann zur Trennung.

Und dann auch noch das! Meine Mutter war nach so langer Zeit wieder schwanger, und ich bekam mit siebzehn Jahren einen kleinen Bruder. Da Gustav ja seine Arbeitsstelle nicht mehr hatte, übernahmen meine Eltern eine Vereinsgaststätte. Weil so viel zu tun war, wurde mein Bruder während der Woche zu Sofie nach Straßburg gegeben. So war er immer nur am Wochenende zu Hause. Die Schufterei war enorm. Abends und an den Wochenenden war die Hütte voll, und mir blieb nichts anderes übrig, als mitzuhelfen. Schließlich hatte ich ja dort auch mein kleines Zimmer. Das war dann mein dritter Job. Allerdings wurde dieser nicht bezahlt.

Viele Monate später, als Thomas' Grundwehrdienst zu Ende war, organisierten sein Freund Karlheinz und meine Freundin Rosel ein Treffen, auf dem wir uns dann zufällig über den Weg liefen, und so kamen wir dann im Laufe der Zeit wieder zusammen.

Eines Tages merkte auch ich, dass es wohl an der Zeit war, einen Frauenarzt aufzusuchen. Ich war über der Zeit und hatte einen Verdacht. Dabei war das damals alles nicht so einfach. Ich war gerade achtzehn geworden, also noch minderjährig. Die Pille gab es erst seit ein paar Jahren und war zunächst nur verheirateten Frauen zugänglich. Unverheiratete mussten außen vor bleiben. Nun musste ich auch noch alleine zum Frauenarzt gehen, was bei mir schon für Schweißausbrüche sorgte. Aber ich stellte mich der Herausforderung. Und natürlich: Ich war schwanger!

Der schwierigste Part war zunächst, es den Eltern zu sagen, dass man heiraten musste und bald eine Familie gründen würde. Dass sich mein Leben nun völlig verändern würde, trat erst einmal in den Hintergrund.

Uns war noch nicht klar, wie wir uns eine Wohnung und Möbel leisten sollten und wo das Kind hin sollte, während wir arbeiten. Unsere beiden Mütter standen ja auch voll im Beruf, und Oma Friederike und Oma Elisabeth waren zu weit weg, um sie zu bitten. Es war so schwer.

Wir hatten keinerlei Vorstellungen darüber, wie unser Leben aussehen würde, wie wir es schaffen könnten, zu arbeiten und gleichzeitig das Kind zu versorgen. Wir wussten noch nicht einmal, wohin wir gehen und wo wir wohnen sollten. Zwar machten wir uns Gedanken, aber wir hatten keinerlei Existenzängste. Wir hatten die Zuversicht, dass wir schon nicht verhungern würden, wenn wir nur genug arbeiteten.

An einem Tag räumten wir gerade mit meinem Vater Gustav die Gaststätte auf. Er hatte das Radio aufgedreht und pfiff die Melodie des Schlagers, der gerade gespielt wurde, mit.

Thomas ging zu ihm hin. „I muss der was sage."

Gustav schaute ihn an, pfiff aber noch weiter und wartete auf seine Worte.

„Du wersch Großvadder, mir müsse heirate."

Sofort hörte er auf zu pfeifen und schien nachzudenken. „Ha, wenn's so isch, dann kamme nix mache, dann isch's hald so." Und damit war die Sache für ihn erledigt.

Für meine Mutter Emma aber nicht. Sie hat ab diesem Tag bis zur Hochzeit kein einziges Wort mehr mit mir gesprochen, obwohl wir unter einem Dach lebten. Auch später hat sie mir niemals gesagt, warum sie so reagiert hat. Besonders schwierig war es, sie dazu zu bewegen, mit auf das Standesamt zu kommen, um das Aufgebot zu bestellen. Ich brauchte ihre Unterschrift, da ich ja noch nicht volljährig war. Gustav musste ihr das Kommando geben, mitzukommen, und wenn Gustav etwas sagte, dann gab es keine Widerrede. Ich weiß bis heute nicht, ob sie sich von uns hätte überreden lassen.

Die kommenden paar Monate waren für Thomas und mich eine organisatorische Herausforderung ohnegleichen, denn durch das Schweigen meiner Mutter erhielten wir von ihr überhaupt keine Unterstützung. Dabei wollten wir eine schöne Hochzeit, eine Hochzeit mit der ganzen Familie und vielen Gästen.

Aber wir hatten nicht viel. Mit unserem kleinen Gehalt und so gut wie keinen Ersparnissen war da grundsätzlich kaum etwas zu machen.

Zunächst haben wir versucht, festliche Kleider zu beschaffen. Thomas' Eltern konnten uns leider nichts dazugeben. Mein Vater war bereit, das Fleisch zu kaufen, also konnte ich von dieser Seite auch nicht auf ein Brautkleid hoffen.

Ich ging zu einer Kollegin aus dem Laden, von der ich wusste, dass sie gerne ihre Garderobe selbst nähte. Als ich sie fragte, erfuhr ich, dass sie keine Nähmaschine hatte und alles mit der Hand nähen musste. Ich werde nie vergessen, dass sie das für mich gemacht hat. Wir kauften für fünfzehn Mark ein Stück zarten, weißen Stoff und ein Stückchen Spitzendruck. Meine italienischen Schuhe waren wohl das Edelste. Sie kosteten um die siebzig Mark, was ungeheuer viel war.

Irgendwie hatten wir noch ein bisschen Geld von unseren Sparbüchern zusammengekratzt und es mit viel Ehrgeiz geschafft, die Einkäufe zu erledigen und die Vorbereitungen zu treffen. Das meiste allerdings verdankten wir vielen Bekannten und Verwandten, die uns, wie es in den Familien üblich war, das gute Geschirr ausgeliehen haben. In mühevoller Kleinarbeit holten wir das Geschirr überall ab, und zwei besonders gute Hausfrauen erklärten sich bereit, das Festmahl zu kochen. Wir waren stolz. An unserem großen Tag würden wir mehr als fünfzig Gäste haben. Nur meine Mutter schwieg immer noch.

Nach unserer Hochzeit behielten wir weiterhin das kleine Zimmer im Vereinshaus, das ich zuvor schon bewohnt hatte. Wir arbeiteten im Lokal mit und unterstützten meine Eltern abends und am Wochenende – und das neben unseren Jobs. Ich hatte davon ja ohnehin schon zwei, und Thomas musste bei seiner Arbeit jede Menge Überstunden leisten.

Von Zeit zu Zeit wurde Oma Friedericke dazu geholt, weil sie uns in der Küche ganz gut helfen konnte. Auch sie wurde immer noch eingespannt, wenn man sie brauchte.

Und wie Friedericke nun einmal war, sagte sie nichts. Von ihr kam nicht, dass sie nicht helfen wolle, dass sie sauer sei, weil ihr Haus nicht mehr stand oder dass wir unseren Kram alleine machen sollen. Sie nickte nur zustimmend, wenn sie gefragt wurde, und sie arbeitete wie schon seit Jahrzehnten den ganzen Tag, wenn es sein musste.

Als sich zeigte, dass der Verein viel zu wenig Umsatzbeteiligung – so war die vertragliche Regelung – für seine Pächter auszahlte, suchten sich meine Eltern einen anderen Betrieb und übernahmen in einem Industriegebiet eine große Gaststätte mit Kegelbahn und Fremdenzimmern. Es gab einige

Firmen, die ihre Mitarbeiter dorthin schickten, um in der Mittagspause ein günstiges Kantinenessen zu bekommen. Wie hier die Gewinnspanne und der Arbeitsaufwand für zweihundert Mittagessen innerhalb von zwei Stunden waren, kann man sich lebhaft vorstellen. Und auch Thomas und ich zogen wieder mit und bekamen zwei kleinere Zimmer für uns.

Es begann ein Knochenjob für alle, wobei Thomas und ich ja noch zusätzlich unserer Arbeitsstellen hatten – außer für Gustav, der es immer schaffte, seine Ruhephasen zu finden. Die Hektik fing schon morgens um sieben Uhr an, wenn sich viele ihr belegtes Frühstücksbrötchen kauften, bevor es in die Fabrik ging. Für uns bedeutete das, um sechs Uhr in der Früh schon in der Küche zu stehen. Und am Abend endete die Arbeit nicht vor Mitternacht.

Mit Beginn des Mutterschaftsurlaubs sechs Wochen vor dem Geburtstermin befand ich mich ich dann den ganzen Tag in dieser Tretmühle, die wie folgt aussah: Um sechs Uhr etwa siebzig Brötchen belegen und herrichten. Zwischen sieben und acht Uhr ungefähr vierzig Portionen Kaffee machen, bestehend aus einem kleinen Silbertablett, einem weißen Plastikdeckchen, einer Tasse mit Untertasse und einem Kännchen. Ab acht Uhr verschwand meine Mutter in der Küche und fing an, das Fleisch zu braten, die Salate und alles vorzubereiten, was für zweihundert Mittagessen gebraucht wurde. Ich war für meinen Bruder zuständig, der mittlerweile wieder bei uns lebte, für die Gästezimmer, die Privaträume, die Kegelbahn und die Vorbereitung des Geschirrs für den Mittagstisch. Punkt zwölf Uhr standen die Schlangen vor der Essensausgabe, die von einer Rentnerin besetzt war. Andere Kunden wiederum wünschten den normalen Service à la Carte, den ein Kellner übernahm. Gustav arbeitete an der Getränkeausgabe. Gegen vierzehn Uhr war der Stress erst einmal vorbei, dafür sah das ganze Lokal aus wie ein

Schlachtfeld mit Bergen von Geschirr und Gläsern. Wir Frauen reinigten die Küche. Gustav hatte es dagegen gut, er spülte die Gläser am Tresen durch, und dann setzte er sich erst einmal zu den Stammgästen. Es war ja schließlich viel los gewesen in letzten beiden Stunden. Wir Frauen aber mussten meistens in den Keller, wo eine Kartoffelschälmaschine stand, weil am nächsten Tag eine Riesenmenge davon gebraucht wurde. Die kleine Pause, die dann folgte, war wirklich sehr kurz. Denn ab sechzehn Uhr begann der Feierabend in den Fabriken, und dann kamen in zwei Schichten die Gäste und die Kegler, die alle auch essen wollten. Den einen oder anderen Tag hatten wir auch eine Betriebs- oder Familienfeier.

Wenige Tage vor der Niederkunft ging es mir so schlecht, dass mich Thomas die Treppe hochschieben musste, weil die Erschöpfung und meine Körperfülle mir schwer zu schaffen machten. Auf meine Bitte, mich doch etwas zurücknehmen zu können, meinte meine Mutter nur, dass das, was ich habe, keine Krankheit sei.

In der Nacht wachte ich auf und konnte nicht mehr einschlafen. Zwar hatte ich keine Schmerzen, aber ein komisches Gefühl.

Ich weckte Thomas: „I hab koi Ahnung, aber ich fühl me ned. Ob mer mol ins Krankehaus fahre?"

„Mir kenne uns doch ned blamiere, ich denk, des soll mer merke mid de Wehe?", antwortete er leise.

„Scho, aber ich hab hald so er Gfühl."

„Dann fahre me hald. Mir kenne jo wider hoim geh, wenn's nix isch", entschied er.

Im Krankenhaus angekommen wurde ich untersucht. Die Hebamme sagte mit einem Lächeln in den Augen: „Jetzt wird's aber Zeit, dass Sie kommen. Wir haben nun keine Zeit mehr für ein Bad oder andere unterstützende Maßnahmen."

Sie holte eine Maske – später erfuhr ich, dass es Lachgas war – und hielt sie mir vor das Gesicht.

Es war eine wunderbare, schnelle und schmerzfreie Geburt, die durch das Lachgas nicht ich erlebte, sondern irgendjemand anderes. Ich hörte alles, konnte es aber nicht auf mich beziehen. Und so kam es, dass dieses schöne Ereignis auch als solches von uns wahrgenommen werden konnte.

Die Probleme kamen einige Tage später. Ich wurde vom Wochenbettfieber geschüttelt und konnte nicht, wie es eigentlich gedacht war, entlassen werden. Mein Vater schaute zwei- oder dreimal bei mir vorbei. Meine Mutter jedoch kam nicht zu Besuch, sie hatte zu viel zu tun. Außerdem kam ich jetzt ja auch nicht schnellstmöglich zurück, was ihr auch nicht gefiel. Ich bekam Schuldgefühle, konnte aber auch nichts dafür, dass ich länger im Krankenhaus bleiben musste.

Wieder zu Hause hatte ich nur sehr wenig Zeit für mein Kind. Diese war reduziert auf die Nahrungsaufnahme und die Hygiene. Den Rest der Zeit verbrachte mein kleiner Sohn Manuel im Kinderwagen, oder Gustav schob ihn durch die Straßen.

Später, ab dem Krabbelalter, wurde es noch schlimmer, da saß er im Büro in einem Laufstall, umgeben von tausend Spielsachen von Gustav, die dazu beitragen sollten, dass er sich so viel wie möglich mit sich selbst beschäftigte. Und natürlich gelang dies immer weniger, je lebhafter und älter er wurde. Er wollte selbstverständlich wie alle Kinder beschäftigt werden.

Ich konnte mich aber nicht mit ihm beschäftigen, denn ich wurde gebraucht. Auch mein Bruder musste versorgt werden, der ja gerade einmal etwas mehr als zwei Jahre älter war als mein Sohn.

Erschwerend kam hinzu, dass meine Mutter immer noch insgeheim diesen Groll in sich trug, der noch aus der Zeit vor der Hochzeit herrührte. Obwohl für meinen Bruder alles neu gekauft wurde, bekam ich nicht die Kleidung, die für ihn zu klein geworden war, auch nicht den Kinderwagen oder sonstigen Kinderbedarf. Wir hatten aber nur das kleine Gehalt von Thomas und die Ersparnis für die Zimmer und das Essen.

Und wieder begann diese Tretmühle, die morgens um sechs Uhr mit der Vorbereitung des Frühstücks begann und kurz vor Mitternacht mit den letzten Gästen endete. Dazwischen lagen mehr als 200 Quadratmeter Fläche, die gereinigt werden mussten, nahezu 300 Essensausgaben und unzählige Vorbereitungen. Mein Sohn kam dabei nicht gut weg, und Gustav kompensierte dies ein wenig, indem er mit den beiden Jungen spazieren ging. Dies war für ihn angenehmer, als sich körperlich in Frauenarbeit wie putzen oder abwaschen einzumischen.

An den Tagen, an denen es Fleisch zum Mittagessen gab, fing meine Mutter nach dem Frühstücksgeschäft an, große Fleischstücke anzubraten. Zur Vorbereitung wurde das Fleisch an Fleischerhaken rund um die Herdstange aufgehängt. Der große Herd war in der Mitte der Küche aufgestellt und so von allen Seiten zugänglich.

Mein Sohn Manuel war inzwischen ungefähr acht Monate alt und hatte von seinem Opa eine Lauflernhilfe, ein sogenanntes „Gehfrei", bekommen. Es war ein viereckiger Holzrahmen mit einem hängenden Stoffsitz, durch den die Beine durchgeschoben wurden. So konnte sich das Kleinkind aufrecht statt krabbelnd fortbewegen, und man musste nicht allzu sehr aufpassen, da er ja nicht umfallen konnte.

In unserem Fall war dies aber ein großer Fehler. Manuel war begeistert, wie schnell er sich auf vier Rädern fortbewegen konnte, und raste unentwegt um den Herd herum. Alle waren beschäftigt und wiegten sich in Sicherheit, bis er plötzlich aufschrie.

In Windeseile drehten wir uns alle zu ihm um. Ich war wie gelähmt und konnte mich nicht bewegen. Das rollende Viereck hatte sich verkeilt, und Manuel muss gleichzeitig mit einem leeren Fleischerhaken gespielt haben, den er nun im Mund hatte. Er ruckelte hin und her, um wieder weiterfahren zu können, dabei drehte er sich die Spitze des Hakens immer weiter in die Wange. Von außen war schon ein kleiner, weißer Punkt zu sehen. Er war kurz davor, seine Wange zu durchbohren.

Ich schlug die Hände vor das Gesicht.

Emma warf den Kochlöffel aus der Hand und hielt Manuel am Kopf fest. „Mensch, was ischen do bassiert! Manuel, halt still, die Oma macht's", rief sie und drehte vorsichtig den Haken heraus.

Meine Schwiegermutter Marie, die auch ein paar Stunden am Tag mitarbeitete, kam näher und versuchte zu helfen. „Hol s'Auto", sagte sie zu Gustav. „Fahrt zum Dokder. Des isch besser."

Gustav nahm seinen Autoschlüssel, und ich hatte den weinenden Manuel auf dem Arm und folgte ihm.

Es ging alles ziemlich glimpflich aus. Zwar schmerzte es ihn beim Essen, aber mit etwas Kamillentee, den wir ihm zu trinken gaben, ging der Heilungsprozess relativ schnell voran.

Doch dies sollte nicht die einzige gefährliche Situation mit meinem Sohn in der Küche bleiben. Neben der Tür, die zum Gastraum führte, gab es noch einen niedrigen Gaskocher. Er war gut geeignet für besonders große und hohe Töpfe, die wir zum Kochen von Kartoffeln verwendeten. Die Gasflamme befand sich genau auf Manuels Augenhöhe, und obwohl wir ihn ständig ermahnten, dass die Flamme heiß sei, fasste er eines Tages hinein. Die Brandwunde sorgte erneut für helle Aufregung, und ich hatte ständig ein schlechtes Gewissen, unser Leben für das Kind nicht besser organisieren zu können.

Auch Thomas war unzufrieden. Er arbeitete mittlerweile gegenüber bei einer Kunststofffirma und nutzte seine Mittagspause und den Feierabend, um uns zu unterstützen.

Unsere Tage hatten in der Regel bis zu achtzehn Arbeitsstunden. Mit Ausnahme des Sonntags, an dem Ruhetag war und wir von Gustav zum Mittagessen in ein befreundetes Gasthaus eingeladen wurden.

Eines Tages, es war ein Montag, war in der Küche eine große Hektik. Emma musste mehr als zweihundert halbe Hähnchen durch die Fritteuse schicken, und das heiße Fett spritzte unentwegt auf ihre Unterarme, was ihre Laune auch nicht gerade steigen ließ. Die Nervosität übertrug sich auf alle, und dann kam auch noch das Problem mit unserem Kellner Dieter hinzu. Dieser hatte ein Zimmer bei uns und zog nachts gleich nach Feierabend gerne mal um die Häuser. An manchen Tagen arbeitete er mit einer leichten Alkoholfahne, aber an diesem Montag war er gar nicht auf seinem Zimmer.

Es war unbeschreiblich, was wir leisten mussten. Ich fiel in der Küche aus und musste den Service übernehmen, und selbst Gustav konnte sich nicht an seinem Bierhahn festhalten. So gegen halb drei war das Gasthaus leer, und wir waren alle mit dem Aufräumen und Abspülen beschäftigt. In der Küche am Herd stand der Kinderstuhl von Manuel. Er musste ja zwischendurch auch gefüttert und zum Mittagsschlaf gebracht werden, ebenso mein Bruder Wolfgang.

Emma war völlig erschöpft und wollte sich gerade ein Wasser holen. Ihre Arme schmerzten vom heißen Öl, und der Schweiß tropfte von ihrem Gesicht herunter. Da sah sie Gustav wie üblich bei den Stammgästen sitzen, doch auf dem Tresen stapelten sich die Gläser.

Sie schäumte vor Wut und rief ihn in die Küche. „Des

gehd awwer ned. Du musch a helfe. Mir sind alle fertig uff de Beraifung!"

„Was willsch denn, du blede Kuh? Ich mach mein Scheiß scho selwer."

Mir ging diese Antwort gegen den Strich. So sollte er mit meiner Mutter, die sicher große Schmerzen hatte, nicht umgehen. „Vadder, sie hat rechd", sagte ich. „Du musch a helfe."

„Halt die Lapp. Mei Ohgestellte müsse dein Kinnerstuhl aus der Kich trage. So gehd's a ned. Du wohnsch umsonschd bei uns!"

Mir verschlug es die Sprache. Ich glaubte, mich verhört zu haben. Seit langer Zeit arbeiteten wir zu zweit viele, viele Stunden ohne Lohn und hatten dafür nur ein Dach über dem Kopf, aber keine eigene Wohnung. Und nun so etwas. Wenn ich den Service und die Küche übernahm und jemand aus der Küche schnell die Kinder fütterte, dann hatte ich doch sein Personal nicht belastet. Ich war entsetzt, und das Fass war nicht nur voll, es war jetzt gerade am Überlaufen.

Ich antwortete ihm nicht, sondern zog die Schürze aus und holte mir die Zeitung vom vergangenen Samstag aus dem Lokal. Innerhalb von Minuten hatte ich die Wohnungsangebote ausgeschnitten und begann, im Büro zu telefonieren. Thomas wusste von all dem nichts, denn er war arbeiten.

Zwei Zimmer, Küche, Bad, Altbau für hundertzehn Mark, stand da. Ich überschlug es ganz schnell. Es war ein Wochenlohn von Thomas, und ich war entschlossen, eine Arbeitsstelle für mich und einen Kindergartenplatz für Manuel zu suchen. Ich telefonierte mit dem Makler, der sofort einen Termin beim Vermieter machte.

Schnell rief ich ein Taxi, und binnen einer Stunde hatte ich eine Wohnung für uns gefunden. Ich behielt dies aber zunächst einmal für mich, denn es galt noch, verschiedene

Hürden zu überwinden. Es musste gemalert werden, und Möbel hatten wir auch keine, von einer Arbeit für mich und einem Kindergartenplatz ganz zu schweigen. Ich brauchte ja einen Krippenplatz, und die waren zu dieser Zeit, in der die Frauen eigentlich zu Hause blieben und ihren Mann auch noch um Erlaubnis fragen mussten, wenn sie arbeiten wollten, eher rar gesät.

Dabei muss man bedenken, dass ich gerade einmal neunzehn Jahre alt war. Heute ist das eher die Teenagerphase, doch bei mir war es ein sorgenvoller, bitterer Ernst. Heute interpretiere ich dies als eine typische Abfolge im Leben der Zimmermann'schen Frauen.

Wer würde für uns malern, und woher würden wir die Möbel und die anderen Dinge nehmen, die wir brauchten?

Thomas schüttelte den Kopf, als ich ihm am Abend erzählte, was sich in der Küche zugetragen hatte. „Warsch ned zu voreilig?", fragte er.

„Noi, jetzt langds! Mir schufte wie die Gaischteskranke, und der schmiert mer den Kinnerstuhl uff's Brot. Ha, des gehd gar ned!"

„Hasch rechd. Awwer wenn mir gehen, dann schaffe se des ned alloi, scho gar ned dei Mudder", gab er zu bedenken.

„Ja, dann muss er hald Personal eistelle. Er kennt sich jo aus", schloss ich das Thema ab und fragte stattdessen: „Wer hilfd uns mid der Wohnung?"

„I kümmer mich", sagte Thomas.

Zwei Häuser neben der neuen Wohnung wohnte Thomas' Onkel Otto mit seiner Frau. Also fragten wir ihn. Er war so lieb, sagte uns, was wir kaufen mussten, und malerte die kleine Wohnung für uns.

Thomas' Eltern gaben uns oder besorgten uns gebraucht einen kleinen Wohnzimmerschrank, einen Tisch und ein Sofa.

Am Abend begab ich mich zum Stammtisch, wo wie jeden Tag unser Stammgast Klaus saß, der Personalchef bei einer Bausparkasse war. Ich sprach ihn an, und zufällig wurde dort gerade eine Telefonistin gesucht. Mir war es gleich, ob ich als Sachbearbeiterin, Kontoristin, wie man damals sagte, oder als Telefonistin arbeitete. Hauptsache, es war eine relativ gut bezahlte Arbeit, bei der ich wegen des Kindergartens pünktlich Feierabend machen konnte. Wenige Tage später durfte ich mich vorstellen und wurde auch prompt eingestellt.

Eine Straße entfernt von meinen Schwiegereltern gab es eine Krippe für Kinder bis drei Jahre. Ich sah sie mir an und musste dann zur Stadtverwaltung, wo mir die Mitarbeiter sagten, dass der Monatsbetrag für die Kinderkrippe zweihundertzwanzig Mark sei. Mein Bruttolohn war aber nur vierhundertvierzig, und nach Abzug aller Abgaben blieb mir nicht mehr viel übrig. Ich arbeitete fast nur für den Krippenplatz! Die Ernüchterung griff um sich.

Einen Tag später musste ich zur Bank. Ich machte ja auch die Buchhaltung für das Gasthaus und brachte alle zwei Tage die Einnahmen hin. Dabei fragte ich nach dem Filialleiter, der uns kannte, weil er das Geschäftskonto und auch unser privates Konto eingerichtet hatte. Ich erzählte ihm, dass wir umziehen, und fragte ihn, welche Möglichkeiten wir für ein Schafzimmer, einen Küchenschrank und einen Gasherd haben würden. Nachdem er meine Lohnstreifen und meinen Arbeitsvertrag geprüft hatte, bekam ich gleich ein positives Ergebnis, mit dem ich nicht gerechnet hatte. Er meinte, ich solle jetzt in Ruhe kaufen, was wir brauchen, aber die Grenze von zweitausend Mark nicht überschreiten. Hundert Mark mussten wir monatlich zurückzahlen, und mein Schwiegervater musste zusätzlich unterschreiben. Ich war ja immer noch nicht volljährig.

Als alles in trockenen Tüchern war, berichtete ich endlich Gustav über unseren geplanten Auszug. Es war ehrlich gesagt ein etwas ungünstiger Zeitpunkt, denn er hatte in der Zwischenzeit den Rohbau des neuen Hauses fertig. Weil es größer und schöner werden würde und wir auch eine Wohnung bekommen sollten, obwohl wir uns gar nicht darüber unterhalten hatten, hatte er eine Umfinanzierung vorgenommen. Kurz vor unserem Auszug erfuhr er, dass der freie Finanzberater, wo immer dieser auch damals hergekommen war, ihm eine Finanzierung aufs Auge gedrückt hatte, die nicht dauerhaft bedient werden konnte. Die Zinsen waren zu hoch, und er hätte einen Rechtsanwalt einschalten müssen, was auch wieder mit Kosten verbunden gewesen wäre. Wir haben dann auch abgelehnt, dort einzuziehen, weil wir uns nicht noch mehr verschulden und auch nicht mehr das Haus mit ihm teilen wollten.

So saß er an dem bewussten Abend da und merkte, wie seine Welt einstürzte. Das Haus musste er verkaufen, das Haus, weswegen er sich mit seinem Bruder Emil zerstritten hatte, das Haus, an dem sein Herz hing.

„Du gehsch sang- und klanglos unner. Aus dir wird nix me in deim Lebe. Des Kind weggewwe, du Rabemudder!", schrie er mich an.

Ich antwortete ihm nicht, weil es sehr wehtat, wenn einem der eigene Vater keinen Mut machte und für das weitere Leben die Pest an den Hals wünschte.

Aber nur wenige Tage später kam die Erkenntnis, dass sie ohne unsere kostenlose Mitarbeit das Gasthaus nicht würden halten können. Emma konnte dies auch gesundheitlich nicht lange bewältigen, dann musste sie wegen eines Erschöpfungszustandes in eine Kurklinik eingewiesen werden. Gustav nahm ihr das auch noch übel.

Zähneknirschend machte er sich auf die Suche nach einer neuen Aufgabe und fand ein kleines Milchgeschäft. Alles wurde verkauft. Natürlich halfen wir beim Umzug mit. Es waren ja die Eltern, und das Milchgeschäft war etwas, das sie bewältigen konnten. Meine Mutter stand vorne im Laden, und hinten befand sich die Wohnung. Mein Vater fuhr die größeren Bestellungen aus. Und meinen Bruder konnten sie auch beaufsichtigen.

Für uns begann auch ein ganz neuer Lebensabschnitt. Zum ersten Mal hatten wir eine eigene Wohnung. Aber unser Leben war dennoch nicht ganz leicht. Wir kämpften um jeden Pfennig. Anstelle von Fleisch gab es Wurstgulasch. Und statt mir eine Monatskarte für die Straßenbahn zu leisten, pendelte ich jeden Morgen und Abend zu Fuß zwischen Wohnung, Kindergarten und Arbeitsplatz hin und her. Einen Kaffee für zwanzig Pfennig verkniff ich mir auch. Aber wir waren eine kleine, intakte Familie und richteten uns nach unseren Gegebenheiten ein.

Thomas konnte jetzt bis gegen zehn Uhr am Abend Überstunden machen, weil er ja nicht mehr in der Gaststätte helfen musste. Und so ging es uns nach und nach immer ein Stückchen besser. Wir gingen also nicht unter, aber es war eine schwere Zeit mit vielen Entbehrungen und auch viel Arbeit, die allerdings mit einem bescheidenen Aufstieg belohnt wurde. Wir waren so beschäftigt, zu arbeiten und uns immer nach vorne zu bewegen, dass wir gar nicht daran dachten, den zweiten Bildungsweg zu gehen. Solche Überlegungen blieben im Alltag stecken und spielten in dieser Phase auch keine ernsthafte Rolle.

Wie in den alten Zeiten kam Oma Friedericke immer mal wieder zu ihren Kindern, so auch zu Emma und Gustav. Aber die starken Charaktere der beiden Frauen ließen dies immer nur für kurze Zeit zu. Auch Tante Sofie und ihre Familie besuchten meine Eltern und umgekehrt natürlich auch. Dies geschah regelmäßig und hatte dauerhaften Bestand.

Bei Gustav und Emma kamen nach knapp zwei Jahren

erneut Probleme auf. Mit dem Milchladen ging es immer schlechter. Die Leute kauften zunehmend ihre Milch im Supermarkt und machten sich nicht die Mühe, mit der Milchkanne in den Laden zu gehen, wenn die Milch abgepackt und bequem im Regal stand.

Also nahm Emma das Zepter in die Hand. Sie suchte erneut eine Wohnung und auch Arbeit. Gustav war sich nicht schlüssig, was er wollte. Eine Anstellung bei einer Fleischerei schien ihm zunächst nicht das Richtige zu sein. Also kaufte er sich einen kleinen gebrauchten Transporter mit Plane und fuhr Güter im Auftrag der Bahn.

Emma fand in der Zeitung eine Anzeige der Genossenschaftsbank, die eine Sachbearbeiterin für die Wechselabteilung suchte. Glücklicherweise befanden wir uns damals in einer Phase der Vollbeschäftigung und der Personalnot. Außerdem war es generell noch möglich, aus anderen Berufszweigen heraus oder als nur angelernte Kraft eine sachbearbeitende Tätigkeit zu übernehmen. Die Arbeitsschritte waren ja auf verschiedene Schultern verteilt.

Sie rief mich an. „Moinsch, i soll me bewerbe? Ich hab doch im Einkauf a sowas gmachd!"

„Mach's, des isch die Chance", bestärkte ich sie. „Schreib dazu, dass ich hier in der Bausparkass schaff und dir des erzählt häd, dass se suche. Beide sin in der Gnossenschaft zammegschlosse. Des hilft!"

„Moinsch?", fragte sie verunsichert ein zweites Mal nach.

„I moin!"

Und so schrieb sie ihre Bewerbung.

Zwei Tage später kam mein Chef auf mich zu und sagte mir, dass sich jemand von der Bank über mich erkundigt habe, weil eine familiäre Bewerbung vorliege. Natürlich habe er uns wärmstens empfohlen. So hatte meine Mutter wieder einen Schreibtischjob, eine gutbezahlte, sichere Arbeit, die ihr gesundheitlich nicht zusetzte. Auch fand sie eine Woh-

168

nung, und der Milchladen wurde geschlossen.

Bei Gustav hingegen wurde es nach einer Weile klar, dass er sich mit seinem Lastwagen verzockt hatte. Die Aufträge waren nicht ausreichend, und seine Unzufriedenheit wuchs. Immer öfter verschwand er nach Feierabend in der Kneipe und brachte anschließend seinen Jähzorn mit nach Hause. Hinzu kamen die Überreste der unglücklichen Hausfinanzierung. So drückten eine erhebliche Restschuld und schlechte Arbeit auf sein Gemüt. Er ließ seine Frau spüren, dass er auf ihre gute berufliche Situation neidisch war, und wurde ungerecht.

Zwei Jahre später wurden Veränderungen erforderlich, um dies alles bewältigen zu können. Es musste Geld eingespart werden, und Gustav brauchte einen anderen Arbeitsplatz. Mir gab er natürlich auch eine große Schuld an der Misere, weil wir uns nicht an dem Haus beteiligt hatten.

Emma, die Unermüdliche, bewarb sich bei einer städtischen Hausverwaltung und bekam innerhalb kürzester Zeit ein Angebot für eine Dreizimmer-Sozialwohnung, die nur einhundertzwanzig Mark kostete. Dies war eine satte Ersparnis gegenüber ihrer alten Wohnung. Rasch wurden die Möbel eingepackt und der Umzug vorgenommen. Gustav hatte eine Arbeit als Metzger bei einem Fleischereifilialbetrieb gefunden. Er stand zwar hinter der Theke, was nicht gerade seine Vorliebe war, aber er hat immer – gleich wo – seine Arbeit gut und ordentlich gemacht. Und von seinem Handwerk verstand er etwas. Unser alter Bankberater erstellte ihm eine Übersicht über die Verbindlichkeiten aus dem Haus, und so konnten sie alles ordnungsgemäß abtragen, wenn es auch die Haushaltskasse über fünf Jahre enorm belastete.

In dieser Zeit wurde Gustav krank. Er bekam zwei Herzinfarkte und wurde Diabetiker. Diese immensen Rückschritte hat er, der stolze Mann, nicht verwunden, sondern betrachtete alles als eine persönliche Niederlage. Vor allem die Sache mit dem Haus und dass er dadurch nicht zurück in sein Dorf konnte, waren schlimm für ihn.

Emma bekam dies alles in geballter Form ab, und wie es mein kleiner Bruder Wolfgang erlebte, weiß ich nicht. Ich kann mir gut vorstellen, dass es schrecklich war, stets die lauten Streitereien miterleben zu müssen. Er hat sich aber nie darüber beklagt.

Und so kam es, dass Gustav relativ früh verrentet wurde und zu Hause war. Dies war natürlich auch nicht gerade das Gelbe vom Ei. Er hatte ja keine Hobbys und konnte sich nicht selbst beschäftigen.

Und so begann für Emma fast die gleiche Odyssee, wie sie Friedericke erlebt hatte. Den ganzen Tag über saß sie hochkonzentriert im Büro über Zahlen und wusste nicht, was sie erwarten würde, wenn sie nach Hause kam. Im besten Fall hatte er den Tag über etwas gegessen und nicht so viel getrunken. Und im schlimmsten Fall saß er betrunken da und begann sofort, einen Streit vom Zaun zu brechen, zu toben und zu schreien. Wenn sie sich gegen seine Attacken wehrte, konnte es schon passieren, dass er sie am Hals packte und schüttelte. Nicht nur einmal musste sie am nächsten Tag mit einem Schal um den Hals zur Arbeit gehen, um die blauen Flecken zu verbergen.

Auf meine Aufforderung, ihn zu verlassen, schüttelte sie den Kopf und sagte: „Der steht vor der Bank. Der bringd me um. Der find me. I will mei Arbeit behalde!"

Insgeheim musste ich ihr Recht geben. Sie hätte die Stadt verlassen müssen und wäre selbst dann nicht sicher gewesen.

So ging es noch viele Jahre weiter. Eine unglaubliche Vorstellung, wie das jemand so lange ertragen konnte.

Thomas hatte zwei Jahre zuvor die Produktion der Kunststofffirma verlassen und bei einer anderen Bausparkasse der Stadt als Quereinsteiger anfangen können. Es war ein Glück, denn auch er musste als junger Mensch arbeiten, um die Familie zu ernähren. Die Zeit reichte einfach nicht, um nachzudenken, was man beruflich gerne lernen und machen würde. So konnte auch er den Sprung von der Fabrik an den Schreibtisch schaffen. Mittlerweile hatten wir auch ein kleines Haus mit Garten angemietet, und es ging uns relativ gut.

Thomas' Eltern Rudi und Marie waren immer da, wenn wir mal Unterstützung brauchten. Allerdings arbeiteten sie beide in Vollzeit, sodass sie nicht allzu viel freie Zeit hatten, was wir aber am meisten von ihnen benötigt hätten. Dies war immer dann der Fall, wenn bei uns über Nacht eine Kinderkrankheit zuschlug. Die freien, von der Krankenkasse bezahlten Tage für Eltern gab es zu der Zeit noch nicht. Da gab es dann nur zwei Möglichkeiten: entweder zu lügen und sich selbst krankschreiben zu lassen oder den Chef über die Situation zu informieren und für später verplante Urlaubstage zu verbrennen. Ich entschied mich immer für den zweiten Weg. Aber mein Chef – ein ganz besonders guter Chef – empfahl mir, dass ich mich krankschreiben lassen solle.

Marie hatte mittlerweile als Reinigungskraft bei den Stadtwerken angefangen. Ich weiß nicht, wie man es schafft, mit einer lobenswerten Begeisterung von morgens bis abends Werkstätten zu putzen. Ich hätte wahrscheinlich unentwegt über Rückenschmerzen geklagt – sie jedoch nicht. Für sie war das ein ernstzunehmender, verantwortungsvoller Arbeitsplatz, und ihre Arbeit brachte ihr von den Kollegen viel Lob ein.

Rudi war immer noch in der Brauerei beschäftigt. Er war stolz, für Moninger zu arbeiten, und dementsprechend war seine Meinung über die Qualität des Bieres.

Auch sie waren inzwischen vom Karlsruher Stadtteil

Knielingen näher an die Innenstadt nach Mühlburg gezogen. Rudis Schwester Friedel hatte ihnen eine schöne Dreizimmerwohnung mit Balkon sogar im gleichen Aufgang besorgt. Sie freuten sich darüber und fühlten sich wohl.

Tante Friedel hatte mit ihrem Mann Alfons nicht gerade das große Los gezogen. Deshalb war es für sie prima, dass ihr Bruder Rudi im gleichen Haus wohnte und sie die Familie ganz nahe bei sich hatte.

Rudi und Marie waren einfache Menschen, aber auch sie arbeiteten viel und gut und waren einigermaßen zufrieden mit ihrem Leben.

Mehrmals fuhren wir in diesen Jahren nach Berlin und besuchten Thomas' Schwester Rosemarie.

An ein Weihnachtsfest kann ich mich erinnern. Wir hatten uns vorher nicht angemeldet, um mit unserem Kommen in Berlin eine Überraschung auszulösen. Dort stand gerade der Karpfen auf dem festlich gedeckten Tisch, und ich spürte, dass diese Art von Überraschung wohl doch nicht das war, was man sich an Heiligabend wünscht. Aber sie haben es mit Humor genommen.

Natürlich kamen die Berliner auch mindestens einmal im Jahr nach Karlsruhe.

Spannend waren immer die Anekdoten, die überliefert wurden, als Rosemaries Ehemann Hans-Jürgen noch in Karlsruhe arbeitete, also bevor er Rosemarie mit nach Berlin nahm.

So erzählte Marie zum Beispiel, dass Hans-Jürgen gerne mit seinen Schwiegereltern fröhliche Abende mit einem Haustrunk verbrachte. An einem kalten Winterabend hatten sie schon einige Gläser Haustrunk hinter sich, als Hans-Jürgen zur Toilette musste. Dabei handelte es sich um ein Plumpsklo auf dem Hof, das zugefroren war. In der Heiterkeit der Biere überlegte er, was jetzt zu tun sei. Er nahm einen Eimer mit heißem Wasser mit nach draußen, um die Toilette auftauen zu können.

„Un was moinsch, was bassiert isch?", fragte Marie in die Runde.

Alle warteten gespannt auf ihre Antwort.

„Der hat des Wasser neigschütt, und des dünne Eis isch geplatzt. Blitzartig ischs hochgespritzt, und er hat s'Gsicht voller Sommersprosse (d.h. Krümel aus Kot) khabt."

Alle lachten, bis ihnen die Tränen in die Augen kamen.

Rudi fiel noch so eine Sache ein. „Erzähl des mit dem Zäpfle", forderte er Marie auf.

„Stimmt, des war ah lustig: Der Hans hat Kopfweh kabt un hat e Tablett wolle. Ich habe aber nichts mehr im Haus ghabt außer e Zäpfle. Der hat doch tatsächlich ned gwisst, was e Zäpfle isch, un hat des als Tablett gschluckt."

Und auch wir hatten unsere fröhlichen Erlebnisse mit Rosemarie und Hans-Jürgen. So hatte Rosemarie eine Vorliebe für Chihuahuas und züchtete diese Hunderasse sogar. Sie waren gerade zur Faschingszeit zu Besuch, und an diesem Tag wollten wir uns fertig machen und uns ein wenig kostümieren, um in einer der vielen Turnhallen am bunten Faschingstreiben mit Tanz teilzunehmen. Hans-Jürgen war das alles fremd. Fasching gab es in Berlin nicht. Außerdem war er zu jeder Tageszeit ein korrekt gekleideter Mensch mit weißem Hemd und Krawatte. Es kostete uns eine ungeheure Überredungskunst, ihn davon zu überzeugen, dass man nicht so elegant auf eine derartige Veranstaltung gehen könne, ohne aufzufallen und es folgte eine heftige Diskussion darüber, was Kostümierung überhaupt bedeutet und was nicht. Auf all unsere Vorschläge antwortete er mit einem Kopfschütteln, weil er es nicht gewohnt war, nicht er selbst zu sein, und weil er sich nicht lächerlich machen wollte. Zu mehr, als seine Krawatte abzunehmen, war er nicht bereit.

Also ging er im weißen Hemd mit offenstehendem Kragen. Das war es mit der Verkleidung.

Während des Schminkens gönnten wir uns ein kleines Gläschen Persiko[28]. Hans-Jürgen tauchte so ganz nebenbei den Finger ins Glas und ließ seinen kleinen Hund Alfredo den Finger ablecken, was keiner von uns bemerkte. Plötzlich stand der kleine Alfredo mit dem Hinterteil nach oben an die Wohnzimmerwand gepresst. Als wir die Reaktion des Hundes sahen, wäre niemand auf die Idee gekommen, es auf den Likör zu schieben.

Rosemarie erschrak. Sie dachte, der Hund sei krank oder noch Schlimmeres. Wir standen alle um sie herum, als sie ihn auf den Arm nahm und ihn genau anschaute. Und wir sahen alle unsere Felle wegschwimmen, weil wir dachten, dass wir nun zu Hause bleiben müssen. Rosemarie konnte sich das Verhalten des Hundes einfach nicht erklären.

Auf einmal lachte Hans-Jürgen los und erzählte, was er gemacht hatte. „Der kann doch nicht von einem Tropfen besoffen sein!", rief er in die Runde. „Det jibt's doch jar nich!"

Alle sahen sich an und lachten erleichtert los. Wir gaben dem kleinen Alfredo Wasser und sein Fresserchen, und eine Stunde später ging es ihm wieder prächtig.

So fuhren wir zum Fasching ins nächste Dorf. Unglücklicherweise hatten wir ein Dorf erwischt, in dem es Faschingssitte war, die Leute mit Ruß aus dem Ofenrohr zu beschmie-

---

[28] Persiko, ein Likör aus Kirschsaft, wurde in den siebziger Jahren zu einem beliebten Modegetränk unter Jugendlichen und Discobesuchern. Es war üblich, Persiko mit anderen Softdrinks und/oder Bier zu mischen. Anfang der achtziger Jahre wurde er durch andere Getränke abgelöst und entwickelte sich zu einem Nischenprodukt.

ren – und das auch mitten im Gesicht. Wie Hans-Jürgen mit seinem weißen Hemd und Rosemarie mit ihrer weißen Bluse anschließend aussahen, kann sich jeder lebhaft vorstellen. Jahre später haben wir noch darüber gelacht.

Sieben Jahre nach der Geburt unseres Sohnes Manuel wurde ich erneut schwanger – aus Versehen. Wir haben mindestens zwei Wochen lang überlegt, ob wir nicht nach Holland fahren sollten. In Deutschland war ein Schwangerschaftsabbruch ja verboten. Es war eigentlich gerade gut so, wie es war, und ein Kind war zu dem Zeitpunkt nicht geplant. Wir hatten hinsichtlich der Kindergärten, die unser Sohn gar nicht mochte und gegen die er sich sehr gewehrt hatte, schwere Jahre hinter uns. Nun waren wir froh, dass er endlich in die Schule ging. Und jetzt sollte gleich noch ein Kind kommen? Und was würden wir mit unseren guten Jobs machen?

Es waren lange zwei Wochen, bis Thomas meiner Unsicherheit ein Ende bereitete und sagte: „Des Kind bleibt do. Du kannsch des ned. Des basst ned zu dir. Du wersch dei Lebe nimme froh, wenn des machsch. Also Schluss jetzt!"

Ich war erleichtert. Es war richtig, mir die Entscheidung aus der Hand zu nehmen und den Abbruch nicht vornehmen zu lassen. Später habe ich jahrelang darüber nachgedacht, was ich da nur angestellt hätte, dieses Kind nicht zu bekommen. Schließlich kenne ich heute meinen zweiten Sohn, weiß wie er aussieht und weiß was aus ihm geworden ist. Nicht auszudenken, was ich ihm angetan hätte, wenn ich ihm sein Leben genommen hätte.

Irgendwie kam uns in dieser Zeit auch Berlin wieder in den Sinn. Die Stadt machte Fernsehwerbung mit dem Aufruf, dass sich bestimmte Berufsgruppen bewerben sollten. Unsere Berufe waren allerdings nicht dabei, sodass wir das zunächst geistig täglich wieder den Akten legten, um es beim nächsten Werbespot wieder herauszuholen. Das was da über den Bildschirm lief, was einfach zu verlockend. Die Stadt und das Arbeitsamt zahlten den kompletten Umzug nach Berlin, und bei der Wohnungssuche wurde einem auch geholfen. Und dann war da ja auch noch die Berlinzulage[29], ein paar hundert Mark als Entschädigung für die Umstände, die eine eingeschlossene Stadt so mit sich brachte. Wir sahen das als ein zusätzliches Einkommen an.

So blühte diese alte Liebe also wieder auf und nahm erneut Gestalt an. Thomas hatte seine Zweifel, weil vor allem Bäcker, Dachdecker und Schlosser, also gestandene Handwerker und Facharbeiter gesucht wurden. Und dazu gehörten wir ja wie gesagt nicht.

Ich war immerhin der Meinung, dass man so etwas nicht geschenkt bekommt und etwas tun muss. Um die Herausforderung annehmen zu können, musste ich mir etwas ganz Besonderes einfallen lassen. Ich wusste, es würde nicht funktionieren, nur zum Arbeitsamt zu gehen. Aber was konnte ich tun, um zu zeigen, dass ausgerechnet wir die Unterstützung verdienten und in Berlin gebraucht wurden, obwohl unsere Berufe eigentlich gar nicht gefragt waren? Von dieser Bewertung hing ja auch eine Menge Geld ab.

Ich hatte mir die Broschüre genau durchgelesen. Und demnach konnte ich das Ganze eigentlich vergessen, weil wir keine Chance hatten.

---

[29] Die Berlinzulage (umgangssprachlich auch „Zitterprämie") war zu Zeiten der Deutschen Teilung ein staatlicher Zuschuss für alle in West-Berlin beschäftigten Arbeitnehmer. Sie wurde als Ausgleich für die längeren Wege ins „Umland" und die durch längere Transportwege der Waren bedingten höheren Lebenshaltungskosten gezahlt und sollte insbesondere dem Arbeitskräftemangel im Westteil der Stadt entgegenwirken.

Zwei oder drei Tage und Nächte grübelte ich nach, und während der Arbeit im Büro kam mir der erleuchtende Gedanke: Zu meinen Aufgaben gehörte auch die Bedienung des Fernschreibers, das moderne Kommunikationsmittel zu dieser Zeit, das schnell, zuverlässig und direkt war, so wie später das Fax oder heute die E-Mail. Ich musste eine Anfrage an eine Firma senden und suchte mir im Fernschreibadressbuch deren Zahlenkennung (ähnlich einer Telefonnummer) heraus. Während ich wartete, bis der Lochstreifen durchgelaufen war, blätterte ich lustlos im Adressbuch herum. Die Firmen waren nach Orten sortiert, und Berlin nahm dort einen breiten Platz ein. Und siehe da: Mir sprangen unzählige Berliner Unternehmen ins Auge, die ja vielleicht Mitarbeiter suchten. Es war die Idee überhaupt. Wir hatten im Büro noch ein Adressbuch aus dem Vorjahr, und ich fragte, ob ich das mitnehmen dürfe.

Zu Hause fertigte ich für die verschiedenen Branchen einen unauffälligen Standardbrief an – heute würde man das eine Initiativbewerbung nennen. Darin beschrieb ich ganz kurz, dass wir unsere Liebe zu Berlin entdeckt haben, deshalb gerne umziehen würden und mein Mann auf verschiedenen Positionen ein sehr flexibler Mitarbeiter sei. Er plane, in sechs Wochen für drei Tage nach Berlin zu kommen, um Vorstellungsgespräche zu führen, und dass er sich freuen würde, in dem Unternehmen einen Termin zu bekommen. Fast zweihundert Briefe tippte ich auf einer einfachen Reiseschreibmaschine und machte sie zusammen mit einem Lebenslauf fertig. Ein Passfoto sparte ich mir aus Kostengründen. Es waren die unterschiedlichsten Branchen dabei, von Banken über bekannte Produktionsfirmen wie Zigaretten- und Pralinenfabriken, Versicherungen bis zu Lebensmittelhändlern.

„Nem die Post mit", sagte ich zu Thomas an einem Abend, als er spät nach Hause kam.

„Was ischen des? Was haschen do gmachd?", wollte er wissen.

„Arbeitssuche in Berlin. Des hawwe gmachd."

Er lachte. „Du hasch se doch ned alle!"

„Wersch seh, des glabbd!"

Thomas wusste, dass er das nicht wegargumentieren konnte. Also fügte er sich und brachte die Briefe am nächsten Tag zur Post.

Und das Ergebnis, das sich in den nächsten vier Wochen einstellte, war phänomenal. Insgesamt trudelten fünfzig Antwortschreiben ein mit der Bereitschaft, einen Vorstellungstermin zu vereinbaren.

Diese Briefe sortierte ich alle in eine Mappe ein und ging damit zum Arbeitsamt. Dort saß ein Sachbearbeiter, der nur den Kopf schütteln konnte. „Gegen diese Argumente habe ich auch nichts mehr einzuwenden", meinte er. „Berlin scheint Sie haben zu wollen, also vereinbaren Sie Ihre Termine." Er fasste in die Schublade und stellte uns einen Gutschein für ein Flugticket nach Berlin und wieder zurück aus.

Damit hatten wir den ersten großen Schritt getan. Abschließend erklärte er noch, dass dieses Ticket bei Zustandekommen eines Arbeitsvertrags gleichzeitig die Übernahme der Umzugskosten bedeute. Ein Umzug, den wir uns privat nicht hätten leisten können.

Und so flog Thomas ein paar Wochen später nach Berlin. Nach drei Tagen konnten wir aus mehreren Jobangeboten auswählen. So kam es, dass er für eine Übergangszeit bei einem Ledergroßhandel arbeitete, um ein Jahr später eine Arbeitsstelle bei einer Bank anzunehmen. Ja, so etwas gab es in Zeiten der Vollbeschäftigung.

Die Chefin der Lederfirma besorgte ihm für die Zeit der Wohnungssuche ein kleines Appartement am Tegeler See. Auch hier griff ich zu einer außergewöhnlichen Methode: In der mir vorliegenden Broschüre über das Arbeiten in Berlin boten auch Bauträger ihre Neubauten an. So fand ich ein Neubauprojekt der evangelischen Kirche im Süden Berlins. Ein neues, familienfreundliches Projekt mit vielen Wohnungen – nicht eine Trabantenstadt, sondern eher eine kleine Ausgabe davon.

Dann ging es los mit der Bewerbung. Man musste einen Wohnberechtigungsschein beantragen, eigentlich ein behördliches Dokument für eine Sozialwohnung. Da wir nicht anwesend waren, um auf das Wohnungsamt gehen zu können, und auch noch keine Angaben zu unserem Einkommen machen konnten, schien auch dies aussichtslos zu sein.

Erneut schrieb ich einen energischen Brief und bezog mich auf die Broschüre, die einem einen ganz leichten Zugang und speziellen Service für Westdeutsche suggerierte. Und siehe da: Wir bekamen sofort nach Fertigstellung der Bauten eine große Dreizimmerwohnung.

In der Folge hatten wir noch beschwerliche sieben Monate, in denen ich alle zwei Wochen mit Manuel am Freitagabend um neun Uhr mit dem Interzonenzug nach Berlin fuhr, der für die Strecke dreizehn Stunden brauchte. Am Sonntag ging es dann wieder zurück, so dass wir am Montagmorgen um sieben Uhr in Karlsruhe wieder einsatzfähig waren. Außerdem war ich zu der Zeit ja schwanger, was die Angelegenheit auch nicht gerade erleichterte.

Im Juli 1977 brachte die Spedition schließlich unsere Habseligkeiten nach Berlin, und bei unseren Müttern Emma und Marie flossen die Tränen. Besonders Marie hatte darunter zu leiden, waren doch jetzt zwei ihrer drei Kinder in Berlin – weit weg von zu Hause!

Für uns begann ein schöne, aufregende, aber auch anstrengende Zeit. Die Umstellung von unserer gemächlichen badischen Mundart auf das rotzige, schnelle Berlinerische fiel uns schwer. Dadurch, dass die Berliner gerne direkt sagen, was Sache ist, läuft man Gefahr, bei seinem Gegenüber eine ungewohnte Unhöflichkeit zu vermuten, und da eckte ich an der einen oder anderen Stelle schon mal schnell an.

Aber in unserer neuen Wohnung fühlten wir uns wohl, und wir erkundeten unser neues Umfeld, sofern Thomas einmal Zeit dazu hatte, denn er war oft mit dem Prokuristen der Lederfirma auf Reisen.

Wenige Wochen später, Anfang Oktober 1977, wurde unser zweiter Sohn Oliver geboren, und damit endete im Dezember mein Arbeitsverhältnis bei der Bausparkasse. Eigentlich hatte ich gedacht, in der Geschäftsstelle Berlin arbeiten zu können, aber man war dazu übergegangen, die Organisation zu zentralisieren. Die Landesstellen in den einzelnen Bundesländern wurden nach und nach geschlossen. Und so kam zu aller Freude für mich die Notwendigkeit, wieder arbeiten gehen zu müssen. Aber was hätte ich tun sollen mit zwei Kindern: einem Achtjährigen und einem Baby?

Zuerst besorgte ich mir eine Heimarbeit bei Sarotti, die zwar Spaß gemacht, aber nicht viel Geld gebracht hat. Ich klebte Glitterpapier zwischen zwei Schokohälften, die dann zu einem Weihnachtsstern zusammengefügt wurden.

Irgendwann war mir dies zu wenig, und so ging ich samstags auf einen Markt und verkaufte für Butter-Lindner Butter vom Block.

Als mir das auch nicht mehr genügte, fing ich an, Bewerbungen zu schreiben, was aber eine schwierige Angelegenheit war. Ich brauchte eine Arbeit, die erst um fünf Uhr am Nachmittag begann, damit Thomas nach Feierabend die Kinder übernehmen konnte.

„Du findsch sowas ned. Un nachts schaffe, des kummd ned in Frog", meinte Thomas.

„I find scho was, des passd. I will den Mischd nemme

mache, des bringd a alles koi Geld", antwortete ich.

Mit nur einem Gehalt war es eben sehr eng. Und die Lederfirma zahlte nicht ganz so viel, wie sie anfangs versprochen hatten.

Für Thomas stand in diesem Frühjahr auch der Wechsel zur Bank an, und so aktivierten wir mit einem Brief seine ursprüngliche Bewerbung neu. Gleichzeitig suchte eine Bank Mitarbeiterinnen für die Belegbearbeitung für die Zeit zwischen siebzehn und zweiundzwanzig Uhr. Das war doch etwas für mich. Heute kann man sich solch eine Arbeit gar nicht mehr vorstellen. Da wurden die vom Kunden per Hand ausgefüllten Überweisungsbelege dem aktuellen Bankauszug beigefügt und mit der Post versendet. Und das täglich. Es handelte sich um eine Chiffreanzeige, sodass ich nicht wusste, welche Bank sich dahinter versteckte.

Ich verschickte also meine Bewerbung, und dann geschah etwas, das man puren Zufall nennen kann: Wir erhielten an einem Tag zwei Briefe von derselben Bank. Ohne es zu wissen, hatten wir beide uns bei der gleichen Bank beworben, und so kam es, dass ich nachmittags um halb fünf, wenn Thomas Feierabend hatte, mit dem Baby auf dem Arm schon vor der Bank wartete, ihm das Kind übergab und zum Arbeiten hineinging. Um zehn Uhr abends holte er mich mit dem Auto wieder ab. Für die nächsten beiden Jahre war alles gut.

Mittlerweile hatte die Familie erkannt, dass Friedericke nicht mehr alleine bleiben konnte. Es musste eine Lösung her.

Zunächst aber ergab es sich, dass Friederickes Kinder aus ihrer ersten Ehe mit Jakob Gundelfing Kontakt zu ihrer adoptierten Schwester Elsa in Hamburg aufnahmen. Diese wiederum hatte sich auch die Mühe gemacht, über die Behörden ihre Halbschwester Gertrud in der Schweiz zu suchen.

Emma lud Elsa und Gertrud, die beiden verlorenen Töchter, ein, um ihnen ein Treffen mit Friedericke zu ermöglichen, zu dem auch Sofie aus Frankreich, Emilie aus Österreich und wir aus Berlin anreisten. Friederickes Töchter erzählten aus ihrem Leben. Sie hatten es sehr gut getroffen. Es war ihnen auf jeden Fall besser ergangen, als wenn sie bei den Eltern aufgewachsen wären.

Trotzdem spürte selbst ich die Distanz, die sie zu Friedericke hatten. Sie haben ihr nicht verziehen, obwohl sie erfuhren, dass ihre Mutter nichts dagegen hatte unternehmen können. Gertrud lud Friedericke noch auf einen Urlaub bei ihr ein, der aber einmalig war und sich nicht wiederholte, denn Friedericke hatte sich wie immer zu sehr in den Alltag eingemischt.

Zwischen Emma und Sofie begannen dann die Diskussionen, wo Friedericke untergebracht werden sollte. Zum Leidwesen aller war Emma auch noch voll berufstätig. Emma und Gustav hatten nur die kleine Wohnung, und Sofie war auch nicht besser ausgestattet. Sie hatte noch nicht einmal ein Badezimmer. Die ganze Familie wusch sich am Wasserstein in der Küche. Und eine alte, kranke Frau nach Straßburg zu nehmen, war auch mit Problemen verbunden. Da spielte die Krankenkasse nicht so einfach mit, und das Krankenkassensystem in Frankreich war ein ganz anderes.

Dennoch versuchte Sofie es über mehrere Monate. Sie räumte mit Raymond ihr Schlafzimmer, aber alles half auf Dauer nicht. Friedericke machte ihnen das Leben schwer und war hygienetechnisch eine Herausforderung. Niemand hatte die letzten Jahre darauf geachtet, und so hatte sich ein Schlendrian eingeschlichen, den man nicht so einfach abstellen konnte. Befehle nahm sie von ihren Kindern nicht an, das hatte sie nach dem Tod ihrer Männer abgelegt.

Irgendwann fiel die schwere Entscheidung, sie in ein Heim zu bringen. Sie hatte elf Kinder geboren, und niemand in der großen Familie war in der Lage, der Mutter ein lebenswertes Umfeld zu schaffen. Notgedrungen willigte sie ein. Gustav und Emma besuchten sie jede Woche, ab und zu auch Sofie.

Anfang 1978 stürzte Friedericke, erlitt einen Oberschenkelhalsbruch und kam ins Krankenhaus. Es ging ihr zusehends schlechter. Aber sie konnte nicht aus dieser Welt gehen, weil sie noch eine offene Baustelle mit ihrem Sohn Emil hatte, den sie seit Jahrzehnten nicht mehr gesehen hatte. Sofie, die Emil alle paar Monate besuchte, redete auf ihn ein. Es war schwer, ihn zu überzeugen und ihn aufzufordern, seiner Mutter entgegenzukommen, damit diese in Ruhe sterben konnte. Aber er bockte, er war ja der gleiche sture Kopf wie sein Vater und auch sein Bruder Gustav. Nach Tagen der Ungewissheit fuhr er hin und gab seiner Mutter zögerlich die Hand zum Frieden. Es kam zu einem langen ausführlichen Gespräch und zu der Aufforderung, dass er sich mit seinen Geschwistern aussöhnen möge, damit sie friedlich zusammenleben können. Emil nickte, aber aus vollem Herzen versprechen, das konnte er nicht. Er wollte noch nicht über seinen Schatten springen, aber der Respekt vor dem Tod zwang ihn der Mutter beizupflichten und den Seelenfrieden zu ermöglichen.

Zwei Tage später erhielt Emma einen Anruf der Klinik. Friedericke hatte eine ganze Nacht lang nach ihr gerufen und war im Alter von achtundachtzig Jahren einsam in einer Abstellkammer des Krankenhauses gestorben.

Alle wunderten sich und Emma war schon etwas traurig, dass man sie nicht eher angerufen hatte, sie hätte Friedericke gerne in den Tod begleitet.

Bei der Beerdigung zählte der Pfarrer ihre ganze Familie auf. Sie hatte elf Kinder, mehr als vierzig Enkelkinder und über hundert Urenkel, auch schon fünf oder sechs Ururenkel. Ich erschrak, denn diese Zahlen hatte ich nicht erwartet.

Angesichts dieser Dimension dachte ich in dieser Sekunde darüber nach, wieso diese Frau so einsam sterben musste, wo sie doch eine so große Familie hatte.

Gustav, Sofie und Emilie nach dem Tod der Mutter

Für Emma ging in Karlsruhe das harte Leben weiter. Gustav nahm seine Rentnertage, wie sie kamen, trank mal mehr und mal weniger, und für Emma blieb nur, jeden Tag nach Feierabend abzuwarten. Abhängig von Gustavs Zustand gab es mal mehr und mal weniger heftigen Streit.

Das Verhältnis von Gustav und Emil wurde nach dem Tod der Mutter zwar nicht wieder gut, aber etwas besser. Zumindest konnten sie gelegentlich wieder miteinander sprechen und sich auch einmal in die Augen sehen. Nach und nach erfuhr Emma von Emils Ehefrau, dass es auch ihr nicht gerade berauschend ging. Emil war ebenfalls seines Vaters Sohn, und das übertrug er wiederum auf seinen Sohn. Besser wurde es erst, als Emil schwerkrank wurde. Im Zeichen des drohenden Verlustes rissen sich die beiden Brüder zusammen und begruben ihren jahrzehntelangen Zwist.

Meine andere Oma Elisabeth zog mit ihrer Tochter Amalie in deren neues Haus, das sie außerhalb des Dorfes in einem Neubaugebiet gebaut hatten. Ich besuchte sie immer, wenn wir in Karlsruhe waren, und ich sehe sie noch immer hinter der Eckbank in der Küche sitzen und lächeln. Was auch immer los war, sie lächelte. Niemals habe ich diese Frau schimpfen oder weinen sehen, niemals waren ihre Gefühls-regungen offen und sichtbar. Wie wir ja schon gehört haben, hat sie mir auf unserem gemeinsamen Lebensweg nur ganz wenig bis gar nichts erzählt, doch ich glaube, das spiegelt nicht die Wahrheit über ihr Seelenleben wider. Ich weiß nicht, wie schwer sie an ihrem persönlichen Schicksal getra-gen hat, bin mir aber sicher, dass sie getragen hat. Und wie ich bereits gesagt habe, ich möchte ihr Leben nicht über so weite Strecken als Fantasieleben erzählen, denn das wird ihr nicht gerecht. Sie verstarb 1981, ganze drei Jahre nach mei-ner Oma Friedericke, in den Armen ihrer vier Töchter.

Plötzlich hatte ich keine Omas mehr, und beide fehlten mir sehr. Mit ihnen hatte ich mehr Zeit verbracht als mit meiner Mutter, die immer im Einsatz und bei der Arbeit gewesen war.

1985 ereilte uns eine schreckliche Nachricht: Thomas' Mut-ter Marie wurde tot in Tante Friedels Küche aufgefunden. Sie starb völlig unerwartet, und umso heftiger war der Schmerz. Wir setzten uns sofort ins Auto und fuhren von Berlin nach Karlsruhe.

Einige Zeit später schien mein Schwiegervater Rudi sein Leben neu ausrichten zu wollen. Er renovierte die Wohnung, kaufte ein neues Schlafzimmer und schloss sich einem Senio-renverein an. Dort lernte er eine Frau kennen und wollte so auch relativ schnell der Einsamkeit entgehen. Es sollte ihm aber nicht vergönnt sein. Er wurde an der Halsschlagader operiert, und etwas später hatte er einen Darmverschluss, also noch einmal eine schwere Operation. Von da an ging es mit ihm rapide abwärts. Thomas' jüngste Schwester und ihr Mann suchten ein Pflegeheim für ihn. Nur wenige Monate später starb dann auch er, der eigentlich kurz davorgestanden hatte, sein neues Leben zu genießen.

1989 ging Emma im Alter von sechzig Jahren in Rente, was natürlich nicht gerade ein Idealzustand war. Sie konnte nicht mit Gustav den ganzen Tag in der kleinen Wohnung verbringen, denn er sah ihr zu, wie sie ihren Haushalt machte, und mäkelte in seiner Unzufriedenheit ständig an ihr herum. Wenigstens ging er nachmittags immer noch auf Tour zu seinem Kiosk. Und auch jetzt war es immer noch nicht einfach, wenn er zurückkam. Ich weiß nicht, wie man so etwas jahrzehntelang aushalten und dann – wie bei meiner Mutter geschehen – auch noch sagen konnte, dass sie ihn einmal pflegen würde. Er wurde ja sichtlich kränker. Wenn er auch Hilfe brauchte, aber mit den täglichen Flaschen funktionierte es noch eine ganze Weile.

Emma wich ihm aus, indem sie begann, tageweise in einem Imbiss zu arbeiten. Es war eine körperlich schwere Arbeit und im Sommer an der Fritteuse nicht gerade etwas für Weicheier. Aber das Geld und der Kontakt zu anderen Menschen stimmten, und alles war besser, als den ganzen Tag ohne Ansprache mit Gustav in der kleinen Wohnung zu leben. Es ging ihm zusehends schlechter, und bald beantragte sie für ihn Pflegegeld, das gerade neu eingeführt worden war. Sie erledigte aber weiterhin fast alles alleine.

Inzwischen hatte sie Gustav einigermaßen im Griff, auch wenn er getrunken hatte. Er hatte weder die Kraft, zuzuschlagen, noch hatte er die Durchsetzungsstärke von früher. Zwar schrie er immer noch, und manches musste man eben so machen, wie er es wünschte. Aber man konnte ihn auch leicht umgehen, indem man ihm nicht immer alles erzählte.

Mein Bruder Wolfgang zog relativ spät aus und heiratete. Er lebte mit seiner Familie auf dem Dorf, kam aber regelmäßig bei den Eltern vorbei. Da sich unser Leben nach dem Kleinkindalter, in dem ich fast mehr sein Kindermädchen als seine Schwester gewesen war, lange Zeit nur zu Feiertagen kreuzte, herrschte zwischen uns ein zurückgenommenes, aber dennoch harmonisches Verhältnis.

Für uns in Berlin lief es zunächst rund. Nach zwei Jahren Abendschicht konnte ich in eine Vollzeitstelle wechseln, sodass wir gemeinsam zur Arbeit fahren konnten. Der Kleine ging in den Kindergarten und der Große musste ihn abholen und auf ihn aufpassen, bis wir um fünf Uhr nach Hause kamen.

Wir hatten uns ein einigermaßen gutes Leben eingerichtet, waren jedoch immer noch als Seiteneinsteiger in Sachbearbeiterjobs beschäftigt. Diese waren zwar nicht schlecht bezahlt, aber wir hingen den Kollegen, die eine gute Ausbildung hatten, selbstverständlich hinterher. Dies hemmte nicht nur den beruflichen Aufstieg, sondern zwang uns auch, sehr sparsam zu leben. Dass ich damit nicht zufrieden war, lässt sich denken. Auch konnten wir unsere kleinen Urlaube nicht mehr so einfach realisieren. Mit einem Kind unter acht Jahren ging das ja noch einigermaßen. Aber mit zwei Kindern, die nun ein eigenes Zimmer brauchten und auch fast voll bezahlen mussten, war das nicht mehr so ohne weiteres möglich.

So stellten wir urlaubsmäßig um auf einen Wohnwagen, und wie immer bei den Zimmermännern und -frauen kam dann der Zweitjob hinzu. Wir wurden auch schnell fündig: Am Kurfürstendamm übernahmen wir frühmorgens auf dem Weg zur Arbeit die Reinigung einer Anwaltskanzlei – sozusagen „nur" im Vorbeigehen. So redeten wir uns den Stress schön.

1983 sollte der kleine Oliver in die Vorschule kommen. Ich wurde in den Kindergarten gerufen, wo man mir mitteilte, dass er nicht richtig reden könne und deshalb zurückgestellt werden müsse. Ich war entsetzt. Natürlich wusste ich, dass er etwas langsamer war, ich hatte das auch bei den Vorsorgeuntersuchungen stets bemängelt, aber der Arzt hatte es einfach ignoriert. Und da ich Oliver jeden Tag gut verstand – als Mutter manchmal auch ohne Worte, gab ich ihm die Zeit, die ich ihm auf Anraten des Arztes geben sollte.

Doch plötzlich war alles anders. Aber nicht mit mir, dachte ich. Ich vereinbarte einen Termin in der Klinik und ließ Oliver untersuchen und testen. Das Ergebnis war nicht leicht zu akzeptieren. Er konnte Gegenstände sprachlich nicht zuordnen, Oberbegriffe wie „Besteck" für Messer und Gabel nicht verwenden und noch einiges mehr. Für sein Alter konnte er normal denken, aber mit seinem Sprachschatz nicht mithalten. Ein Sauerstoffmangel bei der Geburt könne die medizinische Erklärung sein, wurde mir gesagt. Oliver würde mindestens ein Jahr logopädischen Unterricht mit vielen Nachholaufgaben zu Hause brauchen und müsse dann eventuell noch ein Jahr zurückgestellt werden. Dann könne vielleicht eine Sonderschule vermieden werden.

Ich war fassungslos und gab uns die Schuld, dass wir uns seinerzeit durch die verbalen Beruhigungspillen des Arztes bei den Vorsorgeuntersuchungen zu sehr hatten einlullen lassen. Wir hatten das Gefühl, ihm die Zukunft zu verbauen. Besonders ich als Mutter glaubte, versagt zu haben.

Ich reagierte sofort und versuchte, eine Halbtagsstelle zu bekommen, um mich intensiver um Olivers Sprachübungen kümmern zu können. Leider schaffte man gerade einen Teil der Stellen ab und wollte keine neuen mehr aufbauen.

Deshalb musste ich mir eine neue Stelle suchen. Binnen kürzester Zeit hatte ich wieder Glück und konnte beim Sender Freies Berlin anfangen. Ich arbeitete drei Tage pro Woche von sechs bis ein Uhr mittags oder aber eine ganze Woche durch und hatte dann eine Woche frei, je nachdem, wie es der Dienstplan verlangte.

Dann begann die Phase von Olivers Sprachausbildung, die nicht so gut voranging, wie wir erhofft hatten. Aber ich wollte nicht, dass er zurückgestellt wurde, da ihn das von seinen Freunden getrennt hätte. Und ich wollte auf keinen Fall zulassen, dass vielleicht noch die Sonderschule ins Gespräch kam.

Ich musste mit ihm zur Amtsärztin, die ihn testen wollte. Im Gespräch merkte ich, dass sie im Umgang mit Kindern nicht besonders gut war. Sie war Bezirksärztin und nicht eigens für die Schule eingesetzt. Ich sagte ihr knallhart, dass an meinem Kind nicht herumexperimentiert werde und ich persönlich zur Senatorin für Familie, Jugend und Sport gehen werde, wenn ich die Schulfreigabe nicht bekomme. Das alles sei mein bitterer Ernst. Sie fragte dann nur noch, was ich tun werde, wenn er es in der Schule nicht schafft.

„Mein Sohn wird es schaffen", sagte ich nur.

Sie unterschrieb.

Als die Schule begonnen hatte, musste ich jede Lehrerin und jeden Lehrer über Olivers Situation informieren und aufklären, und ich musste zuarbeiten, um seine Noten gerade in Deutsch stabil zu halten. Er merkte eben nicht immer, wenn etwas falsch war.

Aber wir schafften die Grundschule mit vielen verschiedenen Lehrerinnen und Lehrern und den Übergang zur weiterführenden Schule wunderbar. Ich meldete ihn in der Gesamtschule an, um ihm noch Chancen nach oben offenzuhalten. Wir gaben nämlich nie auf.

In der Zwischenzeit arbeitete ich auch wieder volle Tage im Schichtdienst, und wie immer hatte ich noch zusätzlich einen Nebenjob.

In dieser Zeit begann insgeheim meine Lust zum Schreiben. Ganz still und leise versuchte ich mich in der einen oder anderen Minute daran. Was ich geschrieben hatte, bewahrte ich auf, warf es gelegentlich aber auch weg. Für eine gewisse Zeit begrub ich dann die Lust und packte sie später auch wieder aus. Ich hatte aber stets einen lebendigen Traum vor meinem inneren Auge: Ich sah mich an einem großen Schreibtisch sitzen, damals mit einer Schreibmaschine und mit Feder und Tinte, und um mich herum befanden sich viele Bücher. Ob auch eines dabei war, das ich selbst geschrieben hatte? So vermessen dachte ich damals noch nicht, denn ich traute mir das nicht unbedingt zu.

Manuel hatten wir einigermaßen gut durch die Schule gebracht. Er war auch etwas schwierig, ein wenig lustlos, und ihm fehlte eine ganze Menge Selbstbewusstsein. Alles Dinge, die nicht gerade förderlich waren, einen perfekten Schulabschluss hinzulegen. Er brauchte viel Unterstützung durch Nachhilfe. Trotzdem schaffte er es und machte eine Ausbildung bei der Polizeibehörde. So hatte er als Beamter einen sicheren Beruf, und wir waren stolz auf das, was er leistete.

1989 kam der Fall der Mauer. Ein Jahr zuvor hatten wir unsere alte Wohnung verlassen, weil die Wohnqualität der Siedlung sehr nachgelassen hatte. Wir wohnten mittlerweile in der Bleibtreustraße an der Ecke zum Kurfürstendamm. Am Abend des 9. November, als die Schlagbäume überraschend hochgingen, brauchten wir vor dem Fernseher eine ganze Stunde, um das Ganze zu begreifen. Und später saßen wir dann im Wohnzimmer in unserem Erker und blickten hinunter auf den Ku'damm, wo Tausende Menschen feierten und sich in dem Armen lagen.

Aus Berlin wurde eine andere Stadt. Es wurde viel voller und lauter, alles stürmte in die Stadt hinein, und es zogen noch nicht so viele hinaus ins Umland. So fanden wir das alles auch etwas anstrengend. Auch die Politik der Stadt war lauter, eifriger und hektischer geworden, was aber der Situation geschuldet war. Nicht oft wächst eine geteilte Stadt in so kurzer Zeit zusammen.

Irgendwann im Frühjahr 1991 kamen ein paar Dinge zusammen, die grundsätzliche Veränderungen auslösten.

Plötzlich hatten wir nach den turbulenten Jahren mit einer inneren Müdigkeit zu kämpfen. Heute würde man wohl auf ein Burnout-Syndrom tippen, doch wir kannten die Bezeichnung nicht. Wir waren eben müde und erschöpft.

Und aus Karlsruhe kamen auch keine allzu erfreulichen Nachrichten waren. Meinem Vater ging es nicht mehr so gut. Er konnte kaum noch gehen, wurde mit dem Rollstuhl geschoben, und meine Mutter hatte die ganze Last zu tragen.

Irgendwie kam auf einem Geburtstag in Berlin aus der Müdigkeit und ein wenig Heimweh heraus die Idee auf, jetzt in einem Alter von etwas über vierzig Jahren noch einen beruflichen Wechsel vorzunehmen. Später würde das dann sowieso nicht mehr funktionieren. So würden wir mehrere Fliegen mit einer Klappe schlagen können: die Eltern versorgen, selbst wieder zur Ruhe kommen, hinaus aus der lauten Großstadt, hinein ins Landleben und auch die Kurmöglichkeiten im Umkreis nutzen. Ich war nämlich hautkrank geworden.

Und die Idee wurde für uns immer angenehmer. Wenn wir aber umziehen, so sagten wir, würden wir nach Baden-Baden ziehen, in die Sommerhauptstadt Europas, die so wunderschön anmutet. Wir arbeiteten beide bei Unternehmen, die interne Versetzungen dorthin ermöglichen könnten. In Baden-Baden befanden sich sowohl Thomas' Bank als auch der Südwestfunk, der ja wie der Sender Freies Berlin zur ARD gehörte.

Meine Mutter war ganz aus dem Häuschen, als sie hörte, was wir vorhatten, und sie hätte ihre letzte Mark vom Sparbuch geholt, um uns darin zu unterstützen.

Aber ganz so glatt lief es diesmal nicht. Mit den Versetzungen klappte es nicht, weil es sich um eigenständige Unternehmen handelte und auch die Zeit der Vollbeschäftigung vorbei war. Dennoch kam Thomas bei einer anderen Bank unter und ich bei einem kleinen Zeitschriftenverlag.

Mit der Wohnung mussten wir zunächst nach Achern ausweichen, weil sich nichts Passendes ergab.

Oliver, der mit uns umgezogen war, dies aber eher unfreiwillig, bekam Probleme in der Realschule, weil der Rektor die Berliner Gesamtschule verteufelte und der Meinung war, dass dieses System nichts tauge.

Ich blickte ihn ernst an: „Glauben Sie, dass die Schüler aus den Berliner Gesamtschulen nur Müllkutscher werden und die Realschüler aus Achern nur Professoren?"

Er schaute nur von oben herab zurück.

Ich fügte hinzu: „Wenn ich nur das Geringste höre, dass mein Sohn benachteiligt wird, bin ich wieder hier. Ich kann Ihnen versichern, dass wir in Berlin als Eltern nicht auf der Straße den Hut vor dem Herrn Studienrat ziehen, und ich kann Ihnen außerdem versichern, dass ich nicht täglich prüfe, ob die Radieschen gewachsen sind. Mit mir darf man sich auseinandersetzen."

Damit wollte ich dem Rektor zu verstehen geben, dass der Respekt vor den Amtsträgern, der damals auf dem Land noch üblich war, bei mir keine Gültigkeit hatte. Und ich wollte auch sagen, dass die Stadtfrauen unter Umständen den Blick in die Welt eher wagten als die Hausfrauen, die für Hof und Garten zuständig sind.

Im Verlauf der nächsten zwei Jahre gab es schon ein paar Kröten, die Oliver zu schlucken hatte. So fragte ihn ein Lehrer, ob er aus Ost- oder Westberlin komme. Ich hatte diesbezüglich schon vorgesorgt, weil ich damit gerechnet hatte, dass in dieser Richtung etwas kommen könnte. Oliver antwortete wie von mir befohlen: „Kommen Sie aus Ostachern oder aus Westachern?“ Der Lehrer begann zu schreien und Oliver zurechtzuweisen, und ich notierte mir das.

Kurze Zeit später kam Oliver nach Hause und erzählte, dass eben dieser Lehrer einen Mitschüler im Werkunterricht aufgefordert habe, Hobelspäne von den Schuhen des Lehrers zu wischen. Ich lachte nur und sagte Oliver, dass er so etwas in jedem Fall verweigern solle.

Beim nächsten Elternabend saß mir besagter Lehrer gegenüber. Ich sah ihn von oben bis unten an, und er fragte mich, was ich über meines Sohnes Leistungen wissen wolle.

Ich meinte: „Ich wollte mir nur den Lehrer ansehen, der seine Schuhe von den Schülern putzen lässt und der die Unterschiede zwischen Ost- und Westberlin wissen möchte.“

Er setzte zu einer Antwort an, und ich brachte ihn mit einer Handbewegung zum Schweigen.

„Da ist jedes Wort überflüssig“, sagte ich. „Gehen Sie davon aus, dass wir uns notfalls hart gegenüberstehen. Mein Sohn kommt immer zuerst zu mir, wenn etwas los ist. Und ich entscheide.“

Meine Mutter Emma jedenfalls war selig, weil wir wieder da waren.

Und statt ruhiger Zeiten kamen neun Jahre, die es in sich hatten. Neun Jahre, die ich damals gerne zurückgeschraubt und vergessen hätte.

Der Chef meines Verlages entpuppte sich als schrecklicher Mensch. Ich habe gekündigt und lange Zeit unzufrieden gejobbt, weil sich nichts ergab, was mir Spaß machte.

Zusammen mit meinem Cousin aus Straßburg begann ich nebenbei, mit französischen Weinen zu handeln, was mir viel Freude bereitete und mich in eine Welt führte, die ich nicht kannte: edle Weine, von denen ich keine Ahnung hatte, Champagner und Cognac aus exklusiven Anbaugebieten.

Schnell wurde daraus sehr viel Arbeit. Am Ende aber konnten wir das Ganze nicht gut nach Deutschland übertragen und steuern.

Dann kamen für mich persönlich emotional und menschlich sehr private, enttäuschende und schwere Monate, über die ich bis heute nicht reden und auch nicht schreiben kann. Nur der Job half mir über die Zeit. Ich kann mir das auch nicht von der Seele schreiben. Es würde mich immer noch zu sehr aufwühlen, weil ich mich auch über mich selbst ärgere, damals nicht die richtigen Entscheidungen getroffen zu haben, die es mir ermöglicht hätten, an der Situation zu erstarken.

Dann ging es Schlag auf Schlag. Meine Mutter erkrankte an Krebs, und wir stellten uns lange Zeit mit ihr zusammen diesem ungleichen Kampf. Nebenbei mussten wir auch noch Gustav versorgen. Mittlerweile hatten wir auch eine Wohnung in Baden-Baden gefunden und zogen um. Außerdem ging das Jobben weiter. In dieser langen Zeit war ich froh, keiner festen Arbeit nachgehen zu müssen. Ich brauchte die Zeit für meine Eltern. Beide starben 1997 innerhalb von nur acht Monaten. Und endlich erfüllte sich Gustavs Traum: Im Tod kehrte er wieder in sein Dorf zurück.

Nach dieser Leere, die die beiden hinterließen, kamen nochmals Probleme mit Olivers Schule und seinem Abschluss hinzu. Natürlich hatte sich seine Sprache verbessert, aber so ganz hatte die Natur das nicht ausgeglichen. Einmal musste ich noch eingreifen, aber es half nicht, denn sie verweigerten ihm angeblich wegen 0,2 Punkten den Realschulabschluss. Als er nach Hause kam, brach er in Tränen aus.

Wir wären aber nicht wir, hätten wir nicht gleich die richtige Lösung gesucht.

„Lass gut sein, mein Kind", sagte ich zu ihm. „Die schaffen das nicht, dass du deinen Abschluss verlierst. Hol mir das Telefonbuch. Wir suchen uns in Baden-Baden eine Schule."

Im Branchenbuch suchte ich die Realschule, dabei las ich einen Fettdruck mit dem Namen „Pädagogium" und einer Bezeichnung, die mir nichts sagte. Außerdem stand da „Privatschule" und „Internat", aber auch „Tagesschule".

Ich rief sofort dort an, fragte nach und berichtete von unseren Wünschen. Wir bekamen einen Termin, und aus diesem Zufall mit der Anzeige und dem Telefonat heraus entwickelte sich eine perfekte Zukunft. Es kostete zwar Schulgeld und war nicht leicht, einige hundert Mark in Monat hinzulegen, aber Oliver machte einen tollen Abschluss mit einer sehr guten Durchschnittsnote. Dann hängte er noch ein Jahr Wirtschaftsgymnasium dran und bekam so ein perfektes Zeugnis für Bewerbungen.

Dieses Zeugnis und der Name der Schule öffneten ihm die Tür zur Rentenversicherung und brachten ihm dort eine gute Ausbildung und einen sicheren Arbeitsplatz ein. Eine sehr gute Investition und, wie ich meine, ein Erfolgserlebnis für einen jungen Menschen, der eigentlich auf die Sonderschule hätte abgeschoben werden sollen. Und im Nachhinein betrachtet war der ganze Acherner Ärger doch für etwas gut, denn wir hätten sonst das Pädagogium nie gesucht und gefunden. Alles war in Ordnung.

Für alle war ich da, und für alles fand ich in diesen Jahren eine Lösung, nur für mich selbst nicht. Irgendwie war mir seit unserer Rückkehr aus Berlin das goldene Händchen für die Arbeitsuche abhandengekommen. Ich fing wieder an, Bewerbungen zu schreiben, doch die Firmen, die sich meldeten, suchten billige Leute für eine Arbeit, die nichts abverlangte. Und das, was mir gefallen hätte, bekam ich nicht, warum auch immer. In den Gesprächen hörte ich allerdings heraus, dass man die Zeit, in der ich meine Eltern gepflegt hatte, als Bruch im Lebenslauf wertete. Ich verstand die Welt nicht mehr. Die Pflege meiner Eltern bedeutete also einen Bruch im Arbeitsleben statt einer Aufwertung meiner sozialen Kompetenz. Ich suchte und suchte, fand aber nichts Passendes, lediglich billige Jobs. Mein ganzes Leben lang hatte ich Stellen, die ich wegen der Arbeitszeit brauchte, aber billig waren sie nie. Und das wollte ich nun auch nicht haben.

Eines Tages habe ich mich etwas kunsthandwerklich beschäftigt und festgestellt, dass es in Baden-Baden überhaupt kein Material dafür zu kaufen gab. Wie es der Zufall wollte, wurde in unserer kleinen Gasse ein kleiner Laden für relativ wenig Miete frei. Ich zog dort ein, und mit Hilfe meiner Söhne richteten wir auch einen Internetshop ein. Wir boten alles für das moderne und das traditionelle Hobby an, und ich war damit zufrieden. Nur merkte ich, nachdem meine Eltern nicht mehr da waren, dass mir die Kleinstadt und das ländliche Umfeld nicht genügten. Ich fühlte mich nicht mehr zu Hause, was ich anscheinend gar nicht bemerkt hatte, weil ich zu sehr mit allem anderen beschäftigt war. Außerdem hatte ich noch mit meinen inneren Problemen zu kämpfen.

So entschloss ich mich kurzerhand im Jahr 2000, mit meinem Shop nach Berlin zurückzukehren, zurück in die Großstadt, in die Liberalität und in die Vielfältigkeit der Menschen. Ich war aber die Einzige, die einfach so ihre Zelte abbrechen konnte. Thomas konnte es nicht, und Oliver hatte seine Zufriedenheit im Beruf und bei seinen Freunden gefunden, er wollte auch nicht.

Mir aber war das ganz recht. Ich wünschte mir innerlich, eine Zeitlang alleine leben zu dürfen, um herauszufinden, wer ich gerade war und was aus mir werden würde. Nach diesen Horrorjahren war ich mir meiner nicht mehr sicher. Das erzählte ich den anderen aber nicht, sondern sagte nur, dass wir das in Ruhe angehen sollten. Und so machte ich mich mit meinem kleinen Ladensortiment, meinem Computer und meinen Zweifeln auf nach Berlin in eine relativ düstere Ecke, die es mir sicher nicht leicht machen würde, Fuß zu fassen.

Und wieder kam es anders als gedacht.

Ich hatte noch keine Zeit gehabt, über mich nachzudenken, als Thomas vor der Tür stand. In seiner Firma hatte plötzlich das Mobbing um sich gegriffen, und ein Kollege, der es auf seinen Posten abgesehen hatte, wollte ihm etwas unterschieben. Zunächst hatte das aber für ihn Konsequenzen. Seine Unschuld stellte sich erst später heraus, und dann nahm er lieber die Abfindung, als dorthin zurückkehren zu müssen. Neun Arbeitsjahre hatte ihm der Mistkerl in seinem Egoismus, Thomas' Job haben zu wollen, kaputtgemacht.

Es sah so aus, als stünden wir plötzlich mit relativ wenig da. Uns drohte der Gang zum Arbeitsamt, was wir so schnell wie möglich vermeiden wollten. Außerdem lebte ich ja im hinteren Teil des Gewerberaums, hatte also noch gar keine richtige Wohnung. Manuel, der inzwischen geheiratet hatte, und seine Frau unterstützten uns in dieser Zeit mit Rat und Tat und noch mehr.

Und ich? Ich war wieder das Stehaufmännchen, das jetzt sehen musste, was sich ergab. Wir wollten selbst etwas machen.

Tagelang fuhren wir durch Berlin und das Umland. In der schlechten Ecke wollten wir nicht bleiben. Inzwischen packten wir zwei Mal pro Woche Material ein und stellten uns damit auf den Wochenmarkt. Dort beobachteten wir, dass Lebensmittel in allen Varianten gut liefen und gefragt waren. Also stellten wir für Thomas in dieser Richtung Überlegungen an.

Während wir durch das Umland fuhren, entdeckten wir

an einer Straße zu einem Gewerbegebiet ein Schild mit der Aufschrift „Vermietung". Dort befanden sich Blechhallen und Container. Wir fragten im Büro nach, und man zeigte uns eine kleine Fläche in einem Container. Das Angebot war gut und für ein Büro bestens geeignet. Dann führte man uns herum. Es handelte sich um eine ehemalige Hühnerfarm aus DDR-Zeiten. In einer der Hallen wurde gerade ein Bauernmarkt mit Verkaufsständen und Gastronomie errichtet. Die einzelnen Stände für Fisch, Gemüse und Käse waren schon vermietet. An diesem Tag wurde gerade ein Holzofen für duftende Brote gebaut.

Wir zogen mit dem Büro ein, kamen mit dem Besitzer des Bauernmarktes in Kontakt und fragten ihn, ob er noch einen kleinen Stand frei habe, da wir gerne badische Spezialitäten verkaufen würden. Wir bekamen zwar keine Fläche mehr in der Halle, weil diese alle vergeben waren, aber neben anderen Kollegen eine kleine Holzhütte auf dem Freigelände. Wir hatten ein breites Sortiment von Lebensmitteln bis hin zur Schwarzwaldpuppe und zur Kuckucksuhr. Und die Geschäfte liefen gut. Am Wochenende war sogar die Hölle los, da war es brechend voll. Auch meine Internetgeschäfte liefen gut, sodass wir wieder zufrieden waren.

Nach dem Umzug des Büros fanden wir auch gleich eine Wohnung. Wir brauchten lediglich zwei Telefonate, dann konnte Thomas unsere Möbel in Baden-Baden abholen.

Ungefähr ein Jahr ging alles in ruhigem Fahrwasser dahin, bis eines Tages der Eigentümer des Bauernmarktes eine Versammlung einberief. Der Bauernmarkt sollte geschlossen werden, weil ihn das Planungsrecht im Naturschutzgebiet nicht gestattete. Aber der Eigentümer des Geländes wusste nichts davon, und nun begann ein nicht enden wollender Kampf mit Demonstrationen, Landtagseingaben, Presseberichten, Auflagen und wieder Auflagen. Viele Politiker und

Prominente unterstützten uns. Die bekanntesten Personen waren Jörg Schönbohm und der Schauspieler Günter Schubert. Es ging um die Existenz von mehr als dreißig Firmen. Und den Bauernmarkt traf es besonders hart, weil die Betreiber mehr als zwei Millionen investiert hatten. Aber nichts half. In einer Nacht-und-Nebel-Aktion wurden wir geräumt wie Schwerverbrecher. Und damit hatte ich mein Büro und Thomas seinen Marktstand verloren.

Nach einem achtwöchigen Übergangsauftrag in der Spargelzeit für Thomas erarbeiteten wir uns ein neues, ausgebautes Konzept. Mein Büro versorgte ich zurückgenommen von zu Hause aus. Wir nahmen die Geschenkartikel aus dem Sortiment, erweiterten das Lebensmittelprogramm um Kuchen, Quiches, Pralinen und Gebäck und mieteten eine kleine Produktionsstätte, die wir mit bescheidenen Mitteln einrichteten. Dann buchten wir vier gute Wochenmärkte, und die Geschäfte liefen wieder. Wir belieferten auch Unternehmen, Stiftungen und Regierungsstellen.

Mein Internetgeschäft musste ich weiterhin zurücknehmen und auch die Geschäftstätigkeit anpassen. Mittlerweile war mit Amazon ein neuer Konkurrent hinzugekommen, der uns einen großen Teil des Marktes wegnahm. Ganze Unternehmen, die sich auf DVD-Filme spezialisiert hatten, mussten aufgeben, darunter auch unsere Lieferanten. Daraufhin haben wir das Verkaufsgeschäft reduziert und stiegen auf Informationsportale um, wobei Manuel einige Themen übernahm, die wir zuvor gemeinsam im Shop hatten.

Ich hatte auch gar nicht mehr so viel Zeit für den Shop. Wir arbeiteten bis zu achtzehn Stunden am Tag und das an mindestens sechs Tagen in der Woche. Ich weiß nicht mehr, wie wir das körperlich ausgehalten haben. Wahrscheinlich war es die Zustimmung und das große Lob der Kunden, was uns aufrechtgehalten hat. Und deshalb was es war zwar ein täglicher Kampf, aber die Welt war für uns soweit wieder in Ordnung.

Und wer jetzt denkt, dass bis zur Rente alles gut war, der irrt. Eines Tages machte Thomas' Bandscheibe nicht mehr mit, und ich selbst ging trotz aller Begeisterung körperlich und emotional auf dem Zahnfleisch. Wir waren mit der Arbeit völlig überfordert.

Leider war unsere Produktionsstätte so klein, dass wir kein Personal einstellen konnten, weil die vorgeschriebenen Personalräume nicht ausreichend vorhanden waren.

Drei Tage und Nächte kämpften wir mit uns, um schließlich einzusehen, dass sich ein weiterer betrieblicher Umzug mit vielen Investitionen so kurz vor Thomas' Rente nicht mehr lohnte. Es flossen ein paar Tränen der Enttäuschung, aber wir hörten auf – aus gesundheitlichen Überlegungen und weil es vernünftig war.

Thomas beantragte seine Rente, und ich hatte eigentlich noch drei Jahre vor mir. Ich aktivierte mein Internetgeschäft von zu Hause aus, und dann erinnerte ich mich an meinen Traum, den Traum von Büchern und vom Schreiben.

Es machte mir großen Spaß, allerdings war da gar nichts koordiniert oder gar geplant. Ich hatte noch nicht einmal eine Idee oder ein Projekt ausgearbeitet, sondern schrieb einfach Zeile für Zeile und erfreute mich daran, nicht wissend, ob es inhaltlich gut war oder nicht. Darum ging es zunächst auch nicht. Ich war noch nie ohne Arbeit gewesen, und dies war nun mein Ersatz. Das Ergebnis war Nebensache, es landete in der berühmten Schublade.

Ein paar Jahre später wurde ich krank und nebenbei das Opfer einer Fehldiagnose. So musste ich eine schwere Lungenoperation überstehen und drei Monate in dem Glauben leben, Krebs zu haben, bis sich dann herausstellte, dass sich der Arzt geirrt hatte.

Ich kann nicht beschreiben, was die ursprüngliche Diagnose in mir ausgelöst hat, und ich habe es niemals richtig ablegen können. Heute noch treibt es mir die Tränen in die Augen, wenn ich höre, dass jemand an Krebs erkrankt ist, auch wenn ich die Person gar nicht kenne. Es wühlt mich immer noch auf.

Eigentlich ist meine Geschichte damit zu Ende. Rentnerin und gut!

Aber doch nicht ich. Ich kann ja nicht stillsitzen. Emma konnte das auch nicht, die arbeitete noch bei einem Imbiss. Friedericke und Elisabeth konnten das erst recht nicht.

Ich hatte das Gefühl, irgendetwas nicht vollendet zu haben. Zu vieles war in den letzten Jahrzehnten immer wieder dazwischengekommen und hatte mich ausgebremst. Nicht alles war richtig rund gelaufen, einiges war nach meinem Gefühl unvollendet, und gelegentlich hatte mich in den letzten Jahren einfach auch meine glückliche Hand bei der Entscheidung verlassen. Dabei waren es meistens äußere Umstände, nicht das direkte Handeln gewesen. Aber dennoch ist es subjektiv mein Gefühl. Ich war teilweise unzufrieden mit mir und meinem Leben. Wieder einmal überlegte ich, was ich tun sollte. Wie konnte ich eine sinnvolle Aufgabe bekommen und damit innere Zufriedenheit und Freude am Leben erreichen?

Anders als früher durfte ich mir bei meinen Überlegungen nun einen Luxus leisten: Alles was ich zukünftig tun würde, musste nicht dazu dienen, meinen Lebensunterhalt zu garantieren. Es sollte mein Hobby sein und nicht mehr ausschließlich mein Beruf. Eines war ganz sicher: Ich habe ein Leben lang immer etwas gearbeitet, das notwendig war, das mithalf, den Alltag zu bestreiten und das die Familie zeitlich in Einklang brachte. Doch nun hatte ich endlich eine

Wahl. Dies hat sehr lange gedauert, fast ein ganzes Leben lang.

Und diese Wahl mündete in die Erkenntnis, dass ich Bücher schreiben muss. Heute ist das aufgrund moderner Angebote und technischer Vielfalt sehr viel einfacher Bücher an den Markt zu bringen und zu platzieren. Einige Jahre nach den damals ersten Gedanken und Gehversuchen ist dies nun das, was mein Leben hoffentlich noch ein paar schöne Jahre ausmacht.

Ich weiß das Privileg zu schätzen, das machen zu dürfen, was mir Spaß macht. Und ich weiß auch, dass ich, solange es irgendwie geht, geistig und bisweilen auch körperlich arbeiten muss. Ich kann gar nicht ohne Arbeit sein. Ich suche höchstens weitere Herausforderungen, anstatt langsam kürzerzutreten.

Ein Gen der Familie Zimmermann.

Barbara
(heute)

Ich gehe die Planstraße entlang und bleibe eine Weile vor der kleinen Gasse stehen, an deren Ende einst mein Zuhause war. Wo damals das mehrere hundert Jahre alte Fachwerkhaus stand, befindet sich heute ein Neubau, der Neubau meines Vaters, der mittlerweile aber auch schon einige Jahrzehnte auf dem Buckel hat. Nichts ist hier gleich geblieben, alles ist mir fremd. Verschämt blicke ich mich um, weil ich jeden Moment damit rechne, dass gleich jemand an mir vorbeigeht, der mich kennt. Aber das ist ein Trugschluss. Seit damals sind Jahrzehnte vergangen; die älteren Bewohner, die mich kannten, sind gestorben, und die jüngeren Bewohner erkennen mich sicher nicht. Für mein Gefühl vermischen sich in diesem Moment das Damals und das Heute. Hier gingen wir einst entlang, ich alleine oder an der Hand der Mutter, der Großmutter. Warum hat sich das alles so verändert, denke ich traurig, warum kann es nicht für einen Augenblick so sein, wie es einmal war?

Eines ist merkwürdig: Warum ist nur so wichtig, dass ich es verstehe und weiß? Was weiß ich eigentlich? Wieso empfinde ich einen Mangel, nur weil ich mich nicht erinnere, nicht verstehe?

Es ist wie ein großes, schwarzes Loch, das ich jetzt füllen muss. Teile meiner Kindheit fehlen mir, und ich muss zusammenfügen, was mir über die Dinge, die geschehen sind, erzählt wurde. Meine Vorfahren waren ja nicht so gute Erzähler, wenn es um Dinge ging, die sie verdrängt haben, die der unangenehmere Teil ihres Lebens waren. Doch bei ihren schönen Erinnerungen waren sie gute Erzähler.

Wenige Familienmitglieder leben noch in dem Dorf, vielleicht auch nur noch die Kinder und Enkel. Ich versuche gar nicht erst, sie ausfindig zu machen. So lange war ich nicht mehr hier und so lange habe ich schon keinen Kontakt mehr zu ihnen. Wir haben uns alle aus den Augen verloren, sind unserem eigenen Alltag hinterhergerannt.

Ich lasse es dabei bewenden, obwohl es mir sicher bei meiner Recherche helfen würde, auch dabei, die kleinen Mosaiksteine unseres Lebens zusammenzutragen.

Nun muss ich versuchen, zu lernen und die Situation zu verstehen. Es ist wirklich an der Zeit, dass ich begreife: Ich werde alt, ich bin alt. Ich will aber nicht alt werden.

Ich fahre zurück ins Hotel nach Bruchsal, denn ich habe es plötzlich sehr eilig. Schnell halte ich noch vor einem Supermarkt an und kaufe mir zwei mit Wurst und Käse belegte Brötchen und eine Flasche Wasser. Auf meinem Zimmer angekommen, streife ich die Kleidung ab, gehe unter die Dusche und hülle mich anschließend in meinen Bademantel. Aus dem Koffer krame ich mehrere Fotoalben. Die Bilder wecken viele Erinnerungen und zeigen, wie wir ausgesehen haben. Nicht alle Menschen auf den Fotos kann ich zuordnen, vor allem nicht die vielen Kinder und Kleinkinder, die auf den Armen ihrer Mütter und Tanten abgelichtet waren und alle irgendwie gleich aussehen. Auf der letzten Seite des Albums finde ich ein Foto meiner Großmutter Friedericke. Sie steht da, alt, abgearbeitet und gebeugt und hält sich an der Tischkante fest. Ihre Kleidung besteht auch auf diesem Foto wie eh und je aus einer bunten Kittelschürze. Gleich daneben klebt ein Foto meiner Mutter, wie sie als junge, schöne Frau offen in die Kamera blickt. Nach diesem Bild zu urteilen, dürfte sie eine ganz andere Vorstellung von ihrem Leben gehabt haben als das, was sie später in der Realität hatte. Fast die ganze Nacht arbeite ich die Fotoalben durch und mache mir Notizen über Notizen. Beim Morgengrauen ordne ich sie so weit wie möglich zeitlich ein und verstaue die Alben zufrieden in meinem Koffer. Müde lasse ich mich auf das Bett fallen und schlafe sofort ein.

Mit all diesem Wissen und dem letzten fehlenden Baustein, den ersten Jahren in meinem Leben, reise ich zurück an die Mosel.

Wir haben das Leben von drei starken Frauen mehr oder weniger kennen gelernt, und ich habe mein Leben in die Zeit einsortiert, die wir in unterschiedlicher Länge miteinander verbracht haben.

Jetzt gilt es noch, ein Fazit zu ziehen.

Friedericke war eine unglaublich starke Frau, die unscheinbar und doch immer präsent war. Eine Frau, die mit ihrer einfachen Art auch äußerlich bescheiden auftrat. Wenn man ihr begegnete, dann sah man ihr ihre Herkunft und ihren niedrigen gesellschaftlichen Stand an. Was aber diese tapfere Frau ausgehalten hat und mitmachen musste, ist heute unvorstellbar.

Selbst ihre Kinder haben das nicht immer ganz eingesehen. Sie haben ihr in ihrem Innersten und gelegentlich auch offen Vorwürfe gemacht, dass sie ihnen in ihrer Jugend nicht ein angenehmeres Leben ermöglicht hatte. Ihre uneheliche Tochter Gertrud und die älteste Tochter Elsa aus der Ehe mit Jakob Gundelfing haben ihr niemals richtig verziehen, dass sie weggegeben wurden. Sie haben sich zwar spät im Leben ein wenig versöhnt, aber es stand einfach etwas zwischen ihnen, das nicht ausgeräumt werden konnte. Hans war früh verstorben, Hilda zog weit weg nach Bayern. Sie kam aber gelegentlich zu Besuch und schätzte ihre Mutter. Von den Kindern aus der Ehe mit Gustav Zimmermann hatte sie den engsten Kontakt zu Gustav und Sofie. Gustav machte ihr zwar keine Vorwürfe, er hatte aber in seinem Wesen die Härte seines Vaters übernommen, und so war ihr Leben im

Dunstkreis des Sohnes nicht sehr respektvoll, um es milde auszudrücken. Ein liebevoller Kontakt zur Mutter sieht anders aus. Von Emil hörte sie über Jahrzehnte nichts, weil er nicht das Elternhaus zugesprochen bekommen hatte. Zu einem letzten Kontakt kam es auf ihrem Sterbebett. Sofie stand in enger Verbindung mit Gustav, so dass sie auch einen intensiven und guten Kontakt zu Friedericke hatte. Emilie heiratete ja nach Österreich, stand aber mit Sofie und Gustav und damit auch mit der Mutter in enger Verbindung.

Elisabeth hatte mit ihrer Familie und ihren vier Mädchen ein ruhigeres Leben, das aber auch nicht gerade ein Zuckerschlecken war. Auch sie kam aus sehr einfachen Verhältnissen und war stets damit beschäftigt den Alltag zu meistern. Vor allem die erste Hälfte des 20. Jahrhunderts mit ihren Kriegen, den Erschwernissen und der Armut verlangte von einem Leben einfach alles ab. Elisabeth lebte in sehr engem Kontakt mit ihren Töchtern, die sie respektierten, aber auch ihre Hilfe für Haus, Hof und die Enkelkinder in Anspruch nahmen. Auch sie konnte ihr Leben nur aus einer Stärke heraus führen, die für diese Zeit unabdingbar war, um leben und überleben zu können.

Emma schließlich erlebte in etwas abgeschwächter Form das, was Friederickes und Elisabeths Leben ausmachte, weil ihr Mann Gustav vieles von seinem Vater vorgelebt bekommen und es übernommen hatte. Angenommen und ausgehalten hat sie es mit der Ruhe und der geduldigen inneren Einstellung, die sie von ihrer Mutter Elisabeth als Vorbild mitbekommen hatte.

Auch noch in der Gesellschaft der fünfziger und sechziger Jahre hatte sich eine Frau unterzuordnen und ihrem Mann gehorsam zu sein. Eine Frau musste Verantwortung für den Haushalt übernehmen und dem Mann den Rücken freihalten für seinen Beruf. Für die Frauen, die in einer Ehe mit gutbürgerlichem Hintergrund lebten, war dies schon nicht leicht. Aber für eine Frau aus einfachen Verhältnissen, die außerdem von ihrem Mann noch dazu angehalten wurde, in Fabriken zu arbeiten, war das eine ganz besondere Herausforderung.

Gustav war der Sohn seines Vaters, und Emma bekam das zu spüren. Sie hatte es sehr schwer in ihrer Ehe. Wir, ihre Kinder, wuchsen bei den Omas und in Kindergärten auf. Und doch war sie für uns da, wann immer wir sie brauchten, auch als wir schon unser eigenes Leben führten.

Ich hätte eine solche Ehe, wie sie meine Mutter führte, nicht ausgehalten. Nachdem sie Rentnerin geworden war, zog sie los, von einer schweren Nebentätigkeit zur anderen, nur damit sie unter Menschen kam und nicht den ganzen Tag mit dem etwas schwierigen, schon kränkelnden und dadurch mit sich selbst unzufriedenen Mann in der Wohnung sitzen musste. Beeindruckend war auch, dass sie trotz allem sagte, dass sie ihren kranken Mann pflegen würde. Sie verließ aber diese Welt, bevor sie das Versprechen einlösen konnte.

Mein Vater war kein einfacher Mann, und dennoch hatte auch er seine weichen und guten Seiten, die sehr tief in ihm versteckt waren und teilweise erst im Alter sichtbar wurden. Er konnte nicht aus seiner Haut und hat es uns nicht immer leicht gemacht. Trotz allem war er unser Vater, der für uns sorgte, und uns ein Zuhause gab.

Es waren also schon besondere Frauen, die unter den wirtschaftlichen und sozialen Gegebenheiten kein leichtes Leben hatten. Friedericke und Emma hatten dazu noch Ehemänner, die aus ihrem ohnehin schon schweren Leben ein noch schwereres machten.

Alle drei Frauen hatten bis zum Ende ihr Gottvertrauen nicht verloren, alle hatten sich arrangiert, und von keiner habe ich jemals ein Wort des Bedauerns oder des Klagens gehört. Alle drei haben sich um ihre Kinder und Enkelkinder bemüht, ganz gleich, wie man sie behandelt hat. Sie haben aus meiner Sicht viel mehr Respekt und Liebe verdient, als sie jemals von ihren zahlreichen Familienmitgliedern erfahren haben. Ich schäme mich für uns alle, die das hätten beeinflussen können. Und ich schäme mich, dass wir diese Frauen nicht öfter umarmt und uns bei ihnen bedankt haben für das, was sie leisten, erleiden und geben mussten für ihre Kinder, Enkel und Urenkel.

Und ich? Ich habe auch eine ganze Menge mitbekommen. Ein Stück von Emma – und auch ein Stück von Gustav. Mal war es hilfreich und mal stand es mir im Wege, so wie das ist, wenn man Gutes und nicht so Gutes mitgeliefert bekommt.

Mein Durchhaltevermögen ist das, was mir weitergeholfen hat. Das zornige Element in mir war nicht ganz so positiv. Das Gottvertrauen ist etwas Beruhigendes. Die Stärke und die Kraft, auch schwere Momente aushalten zu können, ist etwas Unbezahlbares, was im Leben unbedingt gebraucht wird. Dies sind in der Hauptsache die Dinge, die sie mir mitgegeben haben. Den Rest habe ich mir selbst zuzuschreiben, das gilt für das Gute und auch für den Mist, den ich bisweilen fabriziert habe.

Es überwiegen aber eindeutig die Stärken, die sie mir mitgegeben haben, weil ich sie in den sechziger und siebziger Jahren gut gebrauchen konnte. Sie waren eine große Hilfe auf dem Schiff des Lebens und haben mich darin unterstützt, zielstrebig das zu tun, was ich wollte – wenn auch etwas spät, aber nicht zu spät.

Ich bin auch dankbar dafür, dass ich durch ihr Leben früh erkannt habe, was ich nicht möchte und was ich bestimmt nicht zulassen würde. So hat es zwei Generationen gedauert, zu der Sorte Frau zu gehören, die sich ganz bewusst entscheiden und auf ihr Leben selbst Einfluss nehmen kann und nicht das nachleben muss, was die Zeit, das Umfeld oder gar ein Ehemann vorgibt.

Jetzt sehe ich mein Leben doch schon etwas differenzierter als vor meiner Recherche. Ich dachte damals, ich hätte nicht viel erreicht. Heute ist das anders. Es könnte zwar immer noch mehr sein, aber es geht nicht immer um die materiellen Werte. Ich habe erreicht, mich nicht so unterordnen zu müssen wie diese Frauen, ich habe erreicht, dass ich nicht immer um das tägliche Brot kämpfen muss. Ja, ich musste immer viel arbeiten, aber das gehörte zu meinem Leben. Das hätte ich auch getan, wenn es nicht nötig gewesen wäre. Meine Söhne halten den Kontakt zu mir und kümmern sich um mich, wenn ich sie brauche. Und ansonsten habe ich in meinem dritten Lebensabschnitt das für mich schönste Leben gefunden: die Welt zwischen Buchstaben und Büchern.

Was will man mehr?

ENDE

Stammbaum

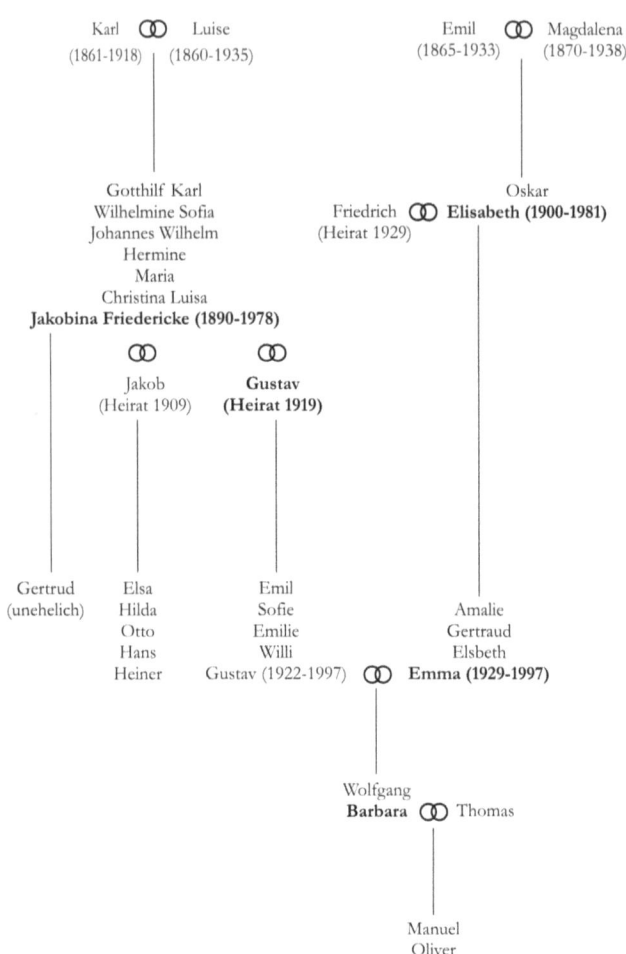

Mehr Bücher von Barbara Herrmann

Violas Vermächtnis

So nah kann nur der Himmel sein

Die Geschichte zweier Schicksale, die sich vor der prachtvollen, geschichtsträchtigen Kulisse der Kurstadt Baden-Baden begegnen. Geschieht dies durch Zufall? Oder wird auch der Himmel seine Finger im Spiel haben?

Print 9783753454900
E-Book 9783753492650

https://heidezimmermann.de/violas-vermaechtnis

Gerda rockt die Bühne
Oma dreht durch

Ein turbulenter und kecker Roman über das Leben der alten Junggebliebenen – erzählt mit einem Augenzwinkern und einer großen Portion Humor.

Buch 978-3-749486038
E-Book 978-3-753401164

https://heidezimmermann.de/gerda-rockt-die-buehne

Jesus und die schwarzen Schafe
Einsatz auf Erden
Schon seit zweitausend Jahren sieht Jesus dem Treiben der Menschen auf der Erde zu. Doch langsam reißt ihm der Geduldsfaden …
Eine humorvolle Geschichte mit einem durchaus ernsten Hintergrund.
https://heidezimmermann.de/jesus-und-die-schwarzen-schafe

Jolandas Reise in die Vergangenheit
Der Schatten im Mond
Ein bewegender Roman über eine Familie, die den strengen und althergebrachten Werten sowie den Vorurteilen gegenüber den italienischen Gastarbeitern zu Beginn der Sechzigerjahre Tribut zollen muss.

Print: 9783753416892
E-Book: 9783753436272
https://heidezimmermann.de/jolandas-reise-in-die-vergangenheit